"红色修道院编年史"系列

MARESI
Maria Turtschaninoff

门诺斯岛奇幻之光

〔芬〕玛丽亚·图特查妮诺夫 著　王梦达 译

人民文学出版社

著作权合同登记号　图字 01-2017-1138

MARESI
by Maria Turtschaninoff
Original text copyright © by Maria Turtschaninoff, 2014
Original edition published by Schildts & Söderströms, 2014
Simplified Chinese edition published by agreement with Maria Turtschaninoff and Elina Ahlback Literary Agency, Helsinki, Finland
Simplified Chinese edition copyright ©
Shanghai 99 Readers' Culture Co., Ltd., 2017
All rights reserved.

图书在版编目(CIP)数据

门诺斯岛奇幻之光/(芬)玛丽亚·图特查妮诺夫著；王梦达译.—北京：人民文学出版社，2017
("红色修道院编年史"系列)
ISBN 978-7-02-013169-3

Ⅰ.①门⋯　Ⅱ.①玛⋯ ②王⋯　Ⅲ.①长篇小说-芬兰-现代　Ⅳ.①I531.45

中国版本图书馆 CIP 数据核字(2017)第 192409 号

责任编辑　朱卫净　张玉贞
封面设计　汪佳诗

出版发行　人民文学出版社
社　　址　北京市朝内大街 166 号
邮政编码　100705
网　　址　http://www.rw-cn.com

印　　刷　宁波市大港印务有限公司
经　　销　全国新华书店等

字　　数　130 千字
开　　本　890 毫米×1240 毫米　1/32
印　　张　5
版　　次　2018 年 1 月北京第 1 版
印　　次　2018 年 1 月第 1 次印刷

书　　号　978-7-02-013169-3
定　　价　29.00 元

如有印装质量问题，请与本社图书销售中心调换。电话：010-65233595

献给我的妹妹亚历桑德拉

目 录

1　　楔 子

1　　第1章　登岛
5　　第2章　初来乍到
17　　第3章　修道院的生活
27　　第4章　梦魇
31　　第5章　血贝壳
48　　第6章　约斯坦语
57　　第7章　春洗日
64　　第8章　月亮舞
69　　第9章　月亮阁
74　　第10章　玫瑰的门徒
80　　第11章　三桅帆船
88　　第12章　不速之客
101　　第13章　地库
107　　第14章　争执
110　　第15章　告别

111	第16章 玫瑰堂
119	第17章 浴血奋斗
130	第18章 苏醒
134	第19章 抉择
138	第20章 知识的门徒
141	第21章 尾声
143	关于《门诺斯岛奇幻之光》的后续
149	隆重的告别
151	致　谢

楔　子

我叫玛蕾丝·恩瑞斯多特。在三十二任嬷嬷执事的第十九个年头，我记录下这些事情。在红色修道院度过的四年中，我阅读了关于修道院历史的几乎所有典籍。欧修女说，我的记载将会成为其中的一部分，这着实令人振奋。我只是一名初学修女，别说是德高望重的嬷嬷，就连终身修女都算不上。但欧修女说，亲闻亲历使得我笔下的内容格外重要，相比之下，外人的描述不过是揣测和臆想。

我不是一个擅长讲故事的人，至少现在还不是。或许等我到了那个年纪——到了我能将值得叙述的事娓娓道来的年纪——我已经忘记这里发生的一切。因此，趁着记忆仍然历历在目的时候，我忠实地记录下一点一滴。距离故事的开始只过去一个春天，就连我想要忘却的画面也鲜活地浮现于脑海之中。鲜血的气息。骨骼断裂的声音。我不愿，却不得不再次唤起这些回忆。死亡是难以描述的，但困难并不能成为我回避或躲闪的借口。

我之所以写下这些文字，不仅仅为了告诉人们，修道院是不应被遗忘的存在，也是为了重新梳理事情的来龙去脉，对自己做一个交代。阅读让我更好地理解世界，我希望写作也能让我获得新的认识。

措辞是我考虑最多的方面。比如：哪些词语能够准确描绘出当时的情形，既不夸大其辞又不避重就轻？这些词语含义的褒贬，文体的高低如何衡量？我将尽我所能，以最恰当的文字客观还原出整个过程，对于其中的疏漏和不妥之处，我虔诚地恳请创世女神予以宽恕。

  故事的开头和结尾往往难以界定。我并不知道这个故事何时结束，但标志它开始的时间点却很清楚。一切要从洁抵达修道院那一天说起。

第1章 登 岛

洁到的那个春日早晨，我正在海滩边捡蛤蜊。装满了小半篮后，我坐在一块石头上歇息片刻。太阳还没有攀升上白夫人山顶，因此整个沙滩仍然处在阴影的笼罩之下。我将双脚浸泡在冰凉的海水中，光滑的小圆石子随着海浪微微晃动，痒痒地蹭过脚底。一群红嘴的水雉低低掠过海面，焦急地找寻可以填饱肚子的食物。一只苍鹭涉水而过，垂下脖子，用细长的喙啄开贝壳。就在这时，我看见一艘帆船正缓缓驶出利齿峰——那是凸出于海面的一丛峭壁，又尖又窄，仿佛魔鬼的獠牙。

我当时肯定没多想。从月圆到月缺，海面上总会有渔船来来往往。如若不然，这艘帆船必然选择其他航向。同我们打交道的渔民大多来自北方大陆以及东部一些渔业兴盛的岛屿。他们的渔船窄小灵活，只能容纳两三个人。整条船身漆成白色，上方高高地扬起蓝色的风帆。运送补给物品或初学修女的船只通常宽敞大气，往往还有抗击海盗的护卫随行。四年前，我正是乘坐这样的大船抵达这里，那是我生平第一次看见大海。

帆船绕过最近的一座利齿峰，朝向港口直驶而来。我叫不出它的名字，类似的帆船我只见过屈指可数的几次。它们总是来自埃梅尔或萨米特拉这样遥远的西方国度，甚至更远。

来自西方的船只循着渔船的航行路线抵达附近,绕着蜿蜒的海岸线兜兜转转,往往在抵达港口前就已经搁浅。我们的岛小巧而隐蔽,不熟悉环境的话根本找不到。罗伊妮修女曾骄傲地宣称,是创世女神将门诺斯岛藏得如此之好,这话随即招来欧修女的不屑。欧修女嘟嘟囔囔地扯了一堆关于无名水手的传说。可我觉得门诺斯岛是自己藏起来的。眼下的这艘帆船虽说同样由西而来,但却熟门熟路地停泊在港口。修长的船体和猎猎的船帆均为灰色,与大海的暗色背景融为一体。这是一艘低调行事的帆船,并不想大肆张扬它的到来。

目睹帆船慢慢地驶进港口,我赶忙跳起来,沿着缀满鹅卵石的海滩直奔过去。我生怕自己忘了拿蛤蜊和篮子,罗伊妮修女常常为此训斥我。她会用责怪的口吻对我说,你太冲动了,玛蕾丝。看看嬷嬷,她会这么马虎地把东西乱丢一气吗?

我的确相信嬷嬷做不出这种事。可我也很难想象,嬷嬷会挽起裤脚,赤脚踩在水草之中,弯下腰捡拾蛤蜊。在她还是初学修女的时候,一定也有过这样的光景。但我没法将她幻想成少女的模样,我做不到。

薇尔克修女和纽梅尔修女已经在船坞上等候。她们聚精会神地张望着迫近的灰色船帆,完全没留意我的出现。我蹑手蹑脚地走了过去,生怕被船坞上嘎吱作响的木板泄漏了行踪。我好奇纽梅尔修女为何出现在此。和渔民打交道一向是薇尔克修女的任务,而纽梅尔修女是专门负责照管初学修女的。

"这就是嬷嬷预见到的那位吧?"纽梅尔修女抬起手遮住阳光。

"应该是。"薇尔克修女答道。对于不能百分之百确定的事,她的语气总是有所保留。

"我倒希望不是。嬷嬷的话总是难以捉摸,不过主旨意思还是明确的，"纽梅尔修女正了正头纱，"麻烦，大麻烦哪。"

脚下的木板发出吱呀一声，她们警觉地转过身来。纽梅尔修女皱起眉头。

"玛蕾丝。你在这儿做什么？据我所知，你今天应该在炉灶房干活才对。"

"嗯，"我小声答道，"我刚才在海滩上捡蛤蜊，看到帆船就过来了。"

薇尔克修女用手一指："看，船靠岸了。"

我们沉默地注视着船员娴熟地操控风帆，稳稳地停在船坞旁边。船员数量出奇的少。我猜，负责掌舵的那位老者应该就是船长，他身穿古希腊式的蓝色束腰外衣，满脸络腮胡子。其他三人紧绷着脸，面色严峻。船长先行下船，薇尔克修女立刻走上前去与他交谈起来。我刚想要凑近听个究竟，却被纽梅尔修女一把拽进怀里。没过多久，薇尔克修女过来对纽梅尔修女低声耳语了几句，纽梅尔修女立刻拉着我离开了码头。

我不敢违拗纽梅尔修女的意思，但也实在忍不住强烈的好奇心。我想要打探出一点消息，回去向其他的初学修女炫耀。于是我悄悄扭过头去，恰好看见船长从船舱中领出一个弱小的身影。她单薄的肩上披着一头打了结的浅色长发，棕色的无袖罩裙下是一件洗得褪了色的衬衫。当她转身时我才发现，那件罩裙并非我原以为的重磅丝绸面料，只是因为反复浆洗而显得僵硬。我并未看清她的面孔。她始终低着头，仿佛在研究自己迈出的每一步，那谨慎的姿态似乎在质疑脚下土地的可靠性。后来我才知道，她就是洁。

我不理解的是，纽梅尔修女为何要拉着我匆匆离开码头。当天晚些时候,洁出现在初学修女之家。她的一头长发还未清洗,但显然经过了精心的梳理。她换上和我们一样的装束:棕色长裤,白色衬衫和白色头纱。在见到她的第一眼,我就隐约有种直觉:她的身上有某种特别之处。

第 2 章　初来乍到

洁的床铺就在我旁边。一般来说，新来的初学修女都是年纪较小的女孩子，因此会被安排在幼龄初学修女的房间。但是以洁的年龄来说，她完全可以和我们这些低龄初学修女住在一起。我今年十三，我猜她也就比我大一两岁。

之前睡在我旁边的是尤伊姆，自从她搬去炉灶房投身厄尔斯修女门下，床铺便空了出来。厄尔斯修女的门徒是唯一不和我们同寝的初学修女。她们必须彻夜守护炉灶，以防炉火熄灭，并且在固定的时间向火神祭祀。我知道，尤伊姆很为炉灶守护者的身份而自豪，自以为所有人都羡慕她。刚进修道院的时候，我也觉得搬进炉灶房是再好不过的事：那里面总是堆满食物，而我已经忍饥挨饿太久太久了。而当目睹厄尔斯修女的严厉，以及她分配食物的苛刻后，我断然放弃了这个念头。每天闻着食物的香味，看着它们诱人的模样，却不能吃上一口，那是种怎样的折磨！

况且尤伊姆还会说梦话，我一点也不怀念她。

洁在床边坐下，所有的初学修女都围拢过来，好奇地打量着岛上的新成员。小女孩们羡慕她的一头浅色长发，仿佛瀑布般从亚麻头纱下倾泻而出。头纱能为我们遮挡毒辣的阳光，我们从来不绑束头发，也不修剪头发。欧修女曾经说过，头发中蕴含着我们的能量。

年纪稍长的女孩则七嘴八舌地提出各种问题：她来自哪里，旅途耗时几天，之前是否听说过关于修道院的事。洁静静地坐着，她有着比旁人更为浅淡的肤色，但我能看出她脸色的苍白。她眼睛下的皮肤薄得近乎透明，却暗沉得发紫，仿佛春天里紫罗兰的花瓣。她一言不发，只是小心翼翼地打量四周。

我站起身打破僵局："今天先到这儿吧。你们都还有事要做，散了吧。"

大家顺从地四散而去。想想也好笑，刚到这里的时候，我使出全身解数也没人听我的话。现在无论以年龄还是资历来看，我都是初学修女之家的大姐了，但我还没有受到任何修女的召唤。我作为初学修女的年份比大多数女孩都要久。另一个例外是恩妮可，她来得比我早，也还没有被其他修女收为门徒。

我领着洁看过她的衣柜和叠放整齐的干净衣服，告诉她洗手间的位置，然后帮她铺好床单。她按照我的指示顺从地一一照做，但仍然一言不发。

"你今天不需要干活，"我一边说，一边掖好她的被角，"到了晚上，你得跟着我去玫瑰堂做感恩弥撒。不过别担心，我会告诉你该怎么做的。"我直了直腰。"快到晚餐时间了，来，我告诉你去炉灶房怎么走。"

洁依然沉默不语。

"你能听懂我说的话吗？"我亲切地问道。或许因为住的地方太过遥远，她从来没接触过海岸语。我刚来的时候就是这样。在鲁瓦斯、乌卢迪安和拉沃若这样极北的国家，我们使用截然不同的语言，而近海居民所使用的海岸语彼此相似，虽说个别发音和词意稍有出入，他们还是能交流自如。欧修女说，从事内陆贸易的国家也大多使用相近的语言。对海岸语的陌生，使得我在修道院度过的第一年异常艰难。

洁点点头，突然开口问道：

"这里真的没有男性居住吗？"她的声音意外的深沉，那是一种我从未听过的口音。

我摇摇头。"没有。岛上不允许男人居住。就连渔民也不能登岛一步，薇尔克修女都会在船坞上和他们交易。当然，我们会饲养雄性动物。除了一只好斗的公鸡外，还有几头公山羊。但男人是绝对没有的。"

"那你们怎么生活？谁来照顾动物，谁来种地，谁又来保护你们？"

我领着她来到一扇又高又窄的门前。这里有许许多多扇门，每一扇和每一扇都不一样。它们由外而内缓缓关闭，从里面扣上锁，形成一方方的隐匿而安全的空间。锃亮的铁把手，深邃的猫眼，以及精致的雕花图案仿佛都有了生命，在暗中静静凝视着我们。我曾经数过，一天内我要穿过至少二十扇门。

我自己的家里只有两扇门：一扇主屋的门和一扇茅房的门。它们都由木板制成，靠铁质铰链固定在墙框上。晚上睡觉时，父亲会用一把沉重的锁坠扣住主屋的木门。茅房的门上有个挂钩，可以从里面拴住。弟弟阿齐奥斯总喜欢透过门缝，往茅房里塞碎木条，里面的姐姐娜拉伊斯于是气急败坏地让他滚远点。

我带着洁穿过初学修女之家的走廊。"岛上是多石地貌，因此没法自己种植粮食，只能从陆地购买。但我们开辟出不少菜地和一片橄榄园，孤星堂的修女还会酿造葡萄酒。每年的庆典和祭祀时，我们都能尝得到。"

我们走出房屋,傍晚的阳光暖暖地照在身上,我拉下头纱的一角遮住眼睛。罗伊妮修女很反感这一行为,她觉得既不端庄也不漂亮,可我总是不喜欢阳光刺进眼睛的感觉。

"我们不需要保护。几乎不会有人专程前来这里。你看见修道院所在的山有多陡峭吗?还有环岛的高墙,墙上只留出两个缺口,你刚刚穿过的那个由一扇沉甸甸的木门封锁,另一个通往山顶的叫山羊门。"我向上一指。"门后是一条可以放羊的小径。顺着小径走,可以到达孤星堂和白夫人山,还有我们开辟的菜地。不熟悉地形的话,进山可是会迷路的。始祖修女在此定居后,海盗曾经试图占领过修道院,所以她们才修了这道围墙。修道院是岛上唯一的标志,不会有人侵犯这里。"我伸出右手食指,在左手掌心上画了个圆以示驱散邪恶。"我们都是创世女神的门徒,必要的时候,她会保佑我们。"

内花园空空荡荡。大家肯定都赶去了炉灶房,每次听说可以吃到新鲜鱼肉,初学修女们都会迫不及待。来这里之前,我只尝过几次淡而无味的鱼干。厄尔斯修女在炉灶房烹调的食物中掺杂了各种草药和香料,第一次吃炖肉的时候,我用调羹狠狠舀了一勺调味汁送进嘴里,差点没吐出来。那滋味实在太怪,要不是修女们用凌厉的目光盯住我,我肯定当场失态。大家对我的无知和鲁莽似乎并不意外,这更让我羞愧难当。慢慢地,我熟悉了各种香料的口感:东方产的肉桂,北方大陆产的薄荷,生长在白夫人山坡上的黄色山胡椒和野生牛至。

我看了看洁。她一定和我当初一样不知所措。我伸出手,想要在她肩膀上鼓励地轻拍两下,她却触电般躲闪开来,像是怕我打她似的。洁用手挡住眼睛,一动不动地僵在原地,脸色呈现出前所未有的惨白。

"别害怕,"我试探地说,"我只是想为你介绍而已。瞧,那里是浴悦堂，明天你就知道它的意思了。那些台阶通往知识圣殿前的圣殿花园，修女之家和玫瑰堂。由于坐落在岛的西部，它被称为日暮台阶。"

洁小心翼翼地从指缝中向外窥视，我于是接着说下去："对面狭长的那条是月亮台阶，它总共有两百七十级呢！我一级一级仔细数过。月亮台阶通往月亮花园和月亮阁。嬷嬷住的房间就在那儿。你见过嬷嬷了吗？"

洁慢慢垂下手，点了点头。我对这个答案丝毫不感到意外，任何女孩子来到岛上的第一件事就是拜见嬷嬷。我之所以这么问，不过是想要让她放松下来。

"我们很少有机会走上月亮台阶。现在我们要去黎明台阶，它通往炉灶房和仓库。过来。"

我不敢牵住她的手一起走，只好走在前面，不时用余光瞄一眼她是不是跟在后面。还好，她始终和我保持两三步的距离。为了让她消除戒备，我拿出收集鸡蛋时安抚母鸡的架势，一路都在絮絮叨叨个不停。对于我和母鸡说话的行为，玛瑞安修女总是哭笑不得，好在她不会像罗伊妮修女那样喝令我闭嘴。玛瑞安修女知道，和那些容易受惊的动物打交道时，柔声细语地说话是最好的方式。

"你要是知道这里吃得有多好，肯定大吃一惊。刚开始听说这里每顿晚餐都有鱼有肉的时候，我简直笑得直不起腰。每天都有肉吃？这不是开玩笑嘛！后来我才意识到，这还真不是句玩笑话。我们吃的肉大部分来自岛上的山羊。一些初学修女吃羊肉都快吃厌了。可我觉得还好，厄尔斯修女的烹调手艺不错，能把普普通通的羊肉变出各种花样：烤羊肉肠、香煎羊排、慢炖羊肉、熏羊肉干，等等。对了，还有新鲜羊奶做成的奶酪。我们不太吃鸡肉，母鸡都是留着下蛋用的。

偶尔，厄尔斯修女也会炖个鸽子汤什么的。厄尔斯修女就是掌管炉灶房的那位。这里的每一位修女都有各自负责的一片领域，你慢慢就知道了。"

我们迈上最后一级台阶，踏进炉灶房前的院子。烹煮鸡蛋和白鱼的香味扑面而来，勾得我肚子咕咕直叫。不管吃多少，我还是觉得饿，这大概是从前饥荒年代留下的后遗症。

"我们所有人都吃一样的东西，"走向炉灶房大门时，我向洁解释，"初学修女、修女和嬷嬷都在这里用餐，只有孤星堂的修女例外。首先是初学修女，然后才轮到修女，和沐浴的顺序一样。明天你就知道了。"

我推开炉灶房的大门，木门依然散发出一股面包的香气。刚来这里的时候，我忍不住伸出舌头去舔门板上的棕色木条，满以为它尝起来也有种面包的味道。欧修女为此训了我整整一个月。现在我懂事了，再也做不出这种傻事，但面包的气味一点没减。

洁又一次陷入沉默。罗伊妮修女在场的话，肯定会责备我的话太多。不过洁已经不似从前那么紧张，一副惊弓之鸟的姿态。她挨着我坐下，专注地打量尤伊姆为她端来的晚餐：鸡蛋煮白鱼、搭配清炖的孢子甘蓝。孢子甘蓝是从白夫人山南坡采摘下来的，我舒了口气：总算不是千篇一律的卷心菜了。

晚餐结束，我放松地靠着椅背，拍了拍圆滚滚的肚皮。

"要是家里人听说这里的伙食这么丰盛，估计下巴都要掉下来了。"

很难想象，我在修道院狼吞虎咽的时候，家里人还在饥肠辘辘地度日。我的家在很远很远的地方，我甚至不知道家乡的冬天什么时候到来，也不知道今年的收成如何，家里有没有富余的粮食。我只能自我安慰,少一张嘴吃饭,其他人就能多分到点东西。我是可以写信回去,但家里人都不识字,再说,谁能把信送到一个窝在鲁瓦斯山谷内的小农场呢?

我摇了摇头,试图甩掉油然而生的悲伤情绪,然后冲洁投去一个鼓励的微笑。

"别去想过去的事啦。你已经到了修道院,和我们在一起。这里的生活不像传说中那么严格,晚餐后就是属于我们自己的时间啦。"

在厄尔斯修女的注视下,我们身边的初学修女陆续站起身,将餐盘和水杯送往洗碗间。厄尔斯修女的门徒仔仔细细地擦拭着长条桌,以保证它们在修女们用餐时干净如初。洁照着我的样子收拾好餐盘和水杯,排在进入洗碗间的队伍末尾。

"到了晚上,许多初学修女会去海滩边游泳或捡贝壳,"我说,"有些则上山摘摘野花,看看风景什么的。一小部分人需要完成欧修女或纽梅尔修女布置的阅读作业,其他人就聊聊天,玩玩游戏。"

我们将餐具放进注满冷水的桶内,快步走出洗碗间,重新沐浴在夕阳之中。从羊圈那边传来一阵器皿碰撞的清脆声响,很快就是挤牛奶的时间了。已经有不少修女聚集在黎明台阶下窃窃私语。趁着欧修女还没离开房间,我得抓紧时间赶到知识圣殿。

"你认识回初学修女之家的路吗?晚上我们还要去玫瑰堂做感恩弥撒,在此之前,你想做什么就做什么。"

"我能跟着你吗?"

我又一次惊讶于洁深沉的嗓音。她将双手交握在身前,目光直直地投向地面。我的心瞬间沉了下去。这段时间私密而珍贵,我从不与别人分享,何况是刚认识的洁?

"你会觉得无聊的，"我吞吞吐吐地说，"你知道，我……"

洁一动不动地静默着，不敢直视我的目光。她的双手越握越紧，指关节已经开始发白。这不过是一个瘦弱孤单的女孩，希望有人陪伴她在异乡度过难熬的第一晚。我实在不忍心拒绝。

"你愿意的话当然可以。"听到这话，洁迅速抬起头来。我冲她露出温和的微笑："来，我们得赶紧了。"

我一路小跑冲下黎明台阶，对着迎面撞见的修女不断嘟囔着抱歉。罗伊妮修女被我撞了个满怀，头纱滑稽地歪到一边。

"玛蕾丝！瞧瞧你的样子！嬷嬷什么时候……"伴随她越来越远的声音，我已经沿石子路斜插过内花园，三步并作两步地登上日暮台阶。洁紧紧跟在后面。

殿堂花园的三面都是风格迥异的建筑，而初学修女之家的屋顶则正好成为另一面的屏障。正对围墙的西面是修女之家，朝向白夫人山的东面是玫瑰堂，而北面则坐落着修道院最古老的建筑——知识圣殿。知识圣殿后种着一棵清香沁人的柠檬树，柠檬树外开辟出一片知识花园，四周特意筑起一圈低矮的围墙以抵挡海风的侵袭。

我一路跑到修女之家，推开大门，穿过走廊来到欧修女房间的门前。洁始终寸步不离地跟着我。

欧修女的房门外安有一枚黄铜门环，细看之下是一条眼镜蛇蜿蜒着身躯咬紧自己的尾巴。我曾经问过欧修女门环造型的含义，欧修女只是报以一个神秘的微笑，回答说蛇是她的保护神。我知道不应该一下子提出太多问题，但总忍不住想要探究其中更深层的缘故。

我叩了叩门，欧修女用一贯的浑厚嗓音应了声"进来"。我用力推开沉重的橡木房门，西边窗户下摆着一张宽大的办公桌，欧修女正埋头于几摞书籍和文件之中。她戴着亚麻护袖，以免墨水渍溅上衬衫，但与此形成鲜明对比的是，她的一双手已经被墨水染成乌青一片。

一般情况下，欧修女会象征性地抬抬眉毛，然后指向壁灯下挂着的钥匙。今天意外地见到我身后的洁，欧修女于是放下手中的鹅毛笔，坐直了腰板。

"这位是谁？"她用惯常开门见山的方式问道，洁明显有些胆怯和退缩。我往旁边挪了挪，好让她们看清楚对方。

"这位是洁。她今天刚到修道院。我正准备带她去藏宝阁看看。"

我感到脸上阵阵发烫。藏宝阁这个名字是我擅自起的，平时也就是私下说说而已。我知道修女们一定不这么叫，不过在我看来，它的确是整个岛上最美妙的地方。

欧修女已经重新投入工作。她摆摆手，指了一下钥匙的方向，然后缓缓翻过面前的书页。我猜想她一定经常这样，读书读到废寝忘食。

我从挂钩上摘下钥匙。那是一把精致而华丽的钥匙，几乎和我的手一样长。我牢牢握住雕花手柄，示意洁悄悄退出房间。咔嗒一声关上房门后，我忍不住开心地笑出声来。每一次拿到钥匙后，我的心情都会格外开朗，充满期待。

经过我们的教室，沿着漫长的石头走廊走到尽头，就到了藏宝阁的门口。到了晚上，知识圣殿总是静悄悄，空荡荡的。恩妮可曾经问过我，天色这么暗，我怎么有胆量一个人在里面走动。我好像从没想过敢不敢的问题，再说我也不觉得有什么值得害怕的。

这是我第一次在晚间活动的时候和别人一起进入藏宝阁，心里总觉得有些别扭。在修道院生活期间，我们很少有机会单独行事。因此，在藏宝阁内度过的点点滴滴是唯一一段真正属于我自己的时光。不过我还是尽量对洁表现出友善，说不定亲眼看见藏宝阁之后，她就会迫不及待地想要逃出去，找只猫逗弄一番，或是和其他初学修女聊聊天——不过话说回来，她看起来也不像个健谈的人。

和知识圣殿内其他房门一样，藏宝阁的门高大厚重，它由一种泛红的棕色木料制成，经过抛光和打蜡的处理显得闪闪发光。这些房门都由欧修女负责修缮打理，她会拎着蜜蜡爬上扶梯，用一把柔软宽大的刷子反复打磨刮擦。这样的工作在一个月相循环中会重复数次。罗伊妮修女曾一脸厌恶地咂咂嘴巴，讽刺说维护大门的工作根本不在欧修女的职责范围之内。但我清楚欧修女这么做的目的。一些房门隐藏起那些不为人知的秘密，一些房门阻挡住恶势力的侵袭，另一些房门则封存起危险和恐惧。它们都以各自的方式守护着藏宝阁的安宁和静谧。如果有机会，我一定要恳求欧修女让我参与其中，以最虔诚和感激的心态用蜂蜡涂抹过门上每一根脉络。

我将钥匙插进锁孔，随着吱呀的沉闷响声，散发着蜂蜜气味的房门在我面前缓缓开启。

洁惊讶地屏住呼吸。

藏宝阁是一个狭长的房间，两侧长面的墙壁前各立着一排高高的书架，从地板直抵天花板。正前方短面的墙壁中开着一扇狭长的落地窗，任由夕阳的光线穿透进来。这是我所见过的最高的窗户，共由二十一格窗玻璃组成。我常常站在书架前，望着阳光温柔地洒在数以千计的书脊上，呼吸着羊皮纸散发出的古老气息，享受着一天中最为美好的时刻。所有的付出因此变得值得：远离家人，远离群山环抱间的青翠山谷；饱受思念的折磨彻夜难眠；在铅灰色的冬日清晨吞下难以下咽的麦片粥；初来乍到，因为不懂规矩而受到修女的责骂；将近一年的时间，听不懂大家说的海岸语……这一切的苦难和压抑，在进入藏宝阁的那一瞬间变得无足轻重。这里充满了憧憬和希望——一种令我心跳加速、面红耳赤的希望。

洁在书架前站定，虔诚地用指尖轻触过成排的书脊，然后缓缓转向我。

"我从来不知道世界上有这么多书！"

"来修道院之前，我也想不到。你识字吗？"

洁点点头。"母亲教过我一点。"她仰起头，用崇拜的目光扫视过书架。

"真多啊……"她情不自禁地喃喃自语。

"这些书你都可以读。不过书架最上面那些羊皮纸卷历史太久了，特别容易损坏，所以只有欧修女在场的时候才能翻阅。"

时间宝贵，我吩咐洁随便看看，自己则迫不及待地来到书架前，一本接一本地抽出前一晚尚未读完的书，整齐地堆在窗户前的书桌上。藏宝阁里不允许点油灯，好在夕阳的光线足够持久，再说我的视力也不错，哪怕在一片昏暗中也能摸黑阅读。有一次我读得忘记了时间，浑然不知感恩弥撒已经开始，直到无意间抬头才发现站在门口的欧修女。我不知道她等了多久，忙不迭地连声道歉，仓皇失措地将借来的书一一放回原位，心脏仿佛要从胸口跳出来。欧修女始终一言不发，静静地注视我所做的一切，她的沉默比那些苛责的训斥更让人心惊胆战。而当我收拾停当，怯怯地走到她面前时，却意外地捕捉到欧修女唇角泛起的微笑和异常温柔的眼神。她用手掌摩挲过我的头发，自从离开母亲后，这还是我第一次尝到被抚摸的滋味，浑身仿佛触电般涌过一股暖流。一绺棕色的头发突然淘气地钻出我的头纱，欧修女轻轻地将它别过耳后塞进头纱，然后爱怜地拍了拍我的脸颊。接着，我们一起走出藏宝阁，我仔细锁好了房门，将钥匙郑重地放在欧修女掌心。离开知识圣殿后，她掩护着我蹑手蹑脚地潜入玫瑰堂，悄然无息地混入感恩弥撒的人群之中，避免了一场本应发生的责罚。

此后，欧修女对我的态度一如既往地严厉，然而我已经不像从前那么畏惧她了。一次我去她房间的时候，她深深沉醉在书中，完全没有意识到我的到来。她的头纱歪在一边，一只手无意识地拨弄着额前灰色的碎发，另一只手小心地翻着书页。那时我才意识到，欧修女和我是同一类人。

我翻开书，如饥似渴地阅读起来。整个房间悄然无声，窗外传来大海的呜咽和海鸥的鸣叫。时间一分一秒地过去，直到我意犹未尽地合上最后一页时，才猛然想起洁的存在。

洁坐在洒满光斑的地板上，怀里抱着一本打开的书。巨大的书页完全遮住了她的双腿。夕阳缓缓地坠落下去，原本投射在书页上的光斑挪移了地方。洁没有起身，只是换了个角度，借着残存的微弱光线继续阅读下去。她的脖颈柔软而光滑，弯成一道好看的弧线。临近感恩弥撒的时候，我一连催促了好几声她才回过神来。

从那天之后，每每在晚上去往藏宝阁，我便不再是一个人了。好在洁总是十分安静和乖巧，于是我也很快习惯了她的陪伴。没过多久，我们就成为形影不离的一对。

第 3 章　修道院的生活

洁在修道院度过的第一个早晨阳光明媚。春季的大多数日子都是晴好的天气。只有在秋季，创世女神梳理头发的时候，岛上才会刮起狂风骤雨。由于担心不慎滚落山崖，那时我们总是很少出门。而现在，尽管山坡上只冒出零星的几只花骨朵儿，但整个门诺斯岛早已经被鲜嫩的绿色植被所覆盖，惹得山羊撒欢奔跑起来。

清晨，初学修女们陆续起床，整理好床铺，在门口列队站好。我打开房门，纽梅尔修女在清点完人数后，将大家带往内花园进行日出祷告。空气中仍然透出阵阵凉意，鹅卵石表面凝着一层细密的露珠。太阳缓缓跃升出东方的海平面，带给我们温暖和生机。进修道院之前，我从没意识到太阳有多么重要，我甚至不知道，离开了太阳，万物都将不复存在。我庆幸自己能和其他初学修女站在一起，以最敬畏的心情迎接日出的来临。我憧憬着有朝一日跻身修女的行列，站在圣殿花园中目睹日出的过程。那里的海拔位置更高，视野更为辽阔，能够将海滩景色尽收眼底。

我向洁示范动作和要领，小声讲解其中的含义。一般来说，日出祷告期间是不允许交头接耳的，但看在洁是新人的份上，纽梅尔修女也就破例一次，我悄悄环顾四周，想看看有没有人注意到我所受的优待。尤伊姆对我使了个眼色，不屑地别过脸去。她从不愿意流露出羡慕或崇拜的情绪。

日出祷告完毕，纽梅尔修女带领我们穿过内花园，前往浴悦堂。科特克修女早已在此等候，浴悦堂的一切事务正是由她打理。科特克修女的皮肤在水蒸气长期的氤氲下显得皱巴巴的，衣服湿漉漉地贴住她滚圆的身体，乍一看仿佛裹了一张鳗鱼皮。浴悦堂的石门沉甸甸的，纽梅尔修女和科特克修女要合力才推得开。

我催促洁脱去衣服。她起初有些犹豫，但看到其他人的动作后也就跟着照做了。在她褪去衬衫的那一刻，我突然明白了她犹豫的原因：洁的后背布满狰狞的伤疤，像是皮鞭或藤条抽打过的痕迹。果真如此的话，洁绝不是一个人。

一个女孩选择进入修道院的原因很多。有时，沿海地区的贫困家庭会因生活拮据将女儿送来这里；有时，一个女孩思维敏捷，求知欲强，父母将她送进修道院，寄希望于她受到最好的教育；有时，身患疾病的女孩寄宿此处，以便得到修女们的精心照顾。雨达就是其中之一。她生来就比其他女孩矮小和羸弱，家人无计可施，只好将她交由修道院抚养。由于不舍得和妹妹分开，雨达的孪生姐姐让娜自愿跟着一起进入修道院。

极个别的情况下，有钱人也会把女儿送入修道院，并且慷慨赞助一大笔费用作为教育投资。这样人家的女儿往往相貌丑陋，很难找到归宿。而在修道院历练过的女孩至少拥有一技之长，出去之后总还能够养活自己。

以尤伊姆为例，父亲之所以送她来修道院，是指望她熟练掌握所有烹饪技巧，日后能轻松嫁个好人家。尤伊姆的四个姐姐个个比她漂亮，很早就结婚生子。或许正因为这个，尤伊姆才会成天一副不高兴的样子。

　　修道院里也有逃难过来的女孩，主要来自乌卢迪安及其附属国，还有西部的一些国家。一些女孩拥有强烈的求知欲，但所出生的国度不允许女性受教育。她们只在私下流传的歌谣或故事中听说过修道院的存在。门诺斯岛是一个禁忌话题，但是坊间却有不少关于岛上生活的传闻。恩妮可就是从家乡悄悄逃出来的，和她命运相同的还有阿卡族女孩希奥，她来自毗邻乌卢迪安边境的阿卡族聚居地纳马尔。恩妮可和希奥的身上都有遭到毒打的伤疤。我一直怀疑洁有着难以启齿的过去，今天的所见证实了我的猜测。

　　我领着洁拾级而下，沿着光滑的大理石台阶走进热水池。这些水都源自岛上地热源源不断的供应。我们手拉手一步步穿过热水池，身边不时地有一些初学修女畅游而过，我不会游泳，只好羡慕地看着。洁并不怕水，但似乎还不习惯热水浸泡的感觉，只是机械地挪动着脚步。

　　穿过热水池后，我们旋即进入冷水池。那可真是名副其实的冷水！有的时候，我真希望能颠倒一下顺序，泡完冷水再泡热水。但在炎热的盛夏季节，洗个神清气爽的冷水澡就成了难得的奢侈。

　　沐浴完毕，纽梅尔修女带领我们鱼贯而出。由于要进行繁琐的晨间仪式，修女们只能在我们之后进行沐浴。炉灶房里早已准备好了早餐。看着紧挨在身边的洁，我突然意识到，她已经选择成为我的影子。在修道院里，当一个新人寸步不离地跟着某位资深初学修女时，我们就会说，她真是那个女孩的影子，别人走到哪儿她就跟到哪儿。这是我第一次拥有追随自己的"影子"，心里不由暗暗得意。我伸了个懒腰，冲着对面的恩妮可露出会心的微笑。我曾经做过恩妮可的影子。第一次见到她，我就有种似曾相识的熟悉感。她长得很像我的姐姐娜拉伊斯，她们都拥有一头卷曲的长发和一双温暖的棕色眼睛。于是之后的一连数周，我都如影随形地跟在恩妮可身后，不敢走开半步。恩妮可从来没有冲我发过火。我于是暗暗下定决心，对待洁的时候也要拿出同样的耐心和宽容。

那天早晨我们终于吃到了新鲜面包。前一晚，厄尔斯修女及其门徒举行了隆重的火神祭拜仪式，她们重新清洁过炉灶，烘焙出香喷喷的面包。在一连吃了好几个月的麦片粥后，能啃上一口微温的咸面包简直就是恩赐。看着我满嘴的面包屑，恩妮可忍不住打趣道：

"要论对盐巴面包的热爱，谁都比不上你吧，玛蕾丝？"

"依我看，只有一样东西比盐巴面包还好吃。"我和恩妮可相互对视，噗嗤一下笑出声来，然后异口同声地喊出答案："坚果面包！"

恩妮可是个容易说说笑笑的人，这也是我喜欢她的原因之一。

洁坐在餐桌前，心不在焉地拨弄着食物。她咬了几口盐巴面包，至于腌洋葱和烟熏鲱鱼则一点没动。我碰了碰她的盘子。

"等到夏天就好了！每个人都能分到一整只煮鸡蛋和厚厚的一片羊奶酪。春之星陷入沉睡之际，我们还能尝到丰收的蜂蜜！"

"你真应该瞧瞧秋天的时候，玛蕾丝吃早餐的样子，"恩妮可又好气又好笑，"每次厨房烤坚果面包的时候，玛蕾丝总是第一个守在炉灶房门口，像条饿狗一样嗅来嗅去。到时候你还能尝到奶酪和红醋栗酱。"

"红醋栗酱是用成熟的红醋栗加上蜂蜜和薄荷混合而成的。厄尔斯修女常说，这么好的东西，供奉给创世女神都够档次。"我忍不住舔了舔嘴唇。

恩妮可好奇地打量着洁。"你平时在家里都吃什么？"

洁像只受惊的蛤蜊一样迅速进入戒备状态。她的身体绷得僵直，目光变得空洞缥缈。我向恩妮可摇了摇头，迅速岔开话题转移洁的注意力。

"秋季的早餐一定要吃饱，这样你才能忍受冬天里没完没了的麦片粥。"我向洁传授经验。"麦片粥，麦片粥，麦片粥，成天都是麦片粥。你知道那个时候我最期待什么吗？"

洁没有吭声，恩妮可忍不住揭晓了答案："月亮舞！还有月亮花园的盛宴。"

"盛宴上有香料酱汁炖煮的水雉蛋。水雉蛋是修道院的特色菜，我们只有在月亮舞之后才尝得到。厄尔斯修女还会烤制香酥可口的肉馅乳蛋饼和肉桂口味的芝麻脆饼。"水雉蛋，乳蛋饼，芝麻脆饼……光是这些名字就足以让人垂涎三尺，我悄悄咽了咽口水。

恩妮可拿起杯子，咕嘟咕嘟喝了一大口。

"到那时，我们还能尝到各种稀奇古怪的饮料，比如黏稠的蜂蜜酒，或是酸甜的葡萄酒。"

"瞧着吧，到时候保证你撑到走不动路，然后你就会感慨，通往初学修女之家的台阶怎么没完没了！"

恩妮可和我哈哈大笑起来。洁的表情依然没有变化，但身体已经不像之前那么紧绷。洁总算放松下来，这多少让我有点宽慰。过了一会儿，我从餐桌旁站起身来。

"来，现在该去上课了。"

我们将吃剩的面包屑倒回炉灶作为对火神的祭拜，走下黎明台阶，穿过内花园，顺着日暮台阶来到知识圣殿门口。知识圣殿是岛上最古老的建筑。欧修女曾告诉我们，始祖修女们乘坐纳奥恩德尔号帆船抵达此处后,最早动工,也是耗费最多心血建造的就是知识圣殿。

我的任务是为低龄的初学修女打开教室大门,在执教修女到达前,保证所有人都遵守课堂秩序。恩妮可带着洁走向我们的教室,而我则忙着敦促那些迟到的小女孩赶紧坐好。不出意外,希奥又是最后一个。我是在知识圣殿后的柠檬树下找到她的。她正在轻抚身旁的一只灰色猫咪,听见我的脚步声才慢慢抬起头来。希奥有一双月牙般的细长眼睛,总是透出一股似笑非笑的味道。

"玛蕾丝,我能把他带进课堂吗?"

"你也知道肯定不行啊。赶紧进去吧,希奥。纽梅尔修女很快就要来了,你总不至于等着挨骂吧?"

"你不也总是挨骂嘛。"希奥站起身,抓住我的手。"我就想和你一样。"

我吻了吻她白色的头纱:"多想想我的优点,别学我的缺点。"

我牵着她的手走进幼龄初学修女的教室。希奥刚刚坐定,纽梅尔修女就一阵风似的闪了进来。她的脸上一如既往地堆满笑容,希奥很清楚,无论自己犯下怎样的过错,纽梅尔修女都会宽容她。

幼龄初学修女的课程开始后,我迅速跑回自己的教室。我是唯一一个拥有迟到特权的人。和幼龄初学修女的教室一样,我们教室的大门也是木制的,只不过木材的颜色更为暗沉,木料的质地也更为松散。关门的时候我总是格外小心,生怕剧烈的震动造成木条的断裂,导致整块门板轰然崩塌。

我猫着腰找到自己的座位,木条凳的表面已经严重磨损,所有的低龄初学修女都围坐在一张巨大的课桌边。教室最前方站着负责执教的欧修女。只有最为资深的初学修女——即将发愿晋级为修女的那些人——才不用按时上课，她们有自己的任务要完成。

我太喜欢上课了。作为低龄初学修女，我们需要攻读历史和数学科目，了解创世女神的生平经历，探索世界的奥义，学习太阳、月亮和星星的运行原理和规律。幼龄的初学修女则专注于锻炼听说读写的能力。

这天，我们学习的是门诺斯岛的历史。

"你们还记得始祖修女是怎么来到这里的吗？"听到欧修女这么问，我赶紧举起手。欧修女向我点点头，示意我来回答。

"玛蕾丝，你来说。"

"始祖修女之所以逃离原来的国度，是因为那里有一个邪恶的男性统治者，他不仅控制了所有权力，而且对臣民的态度极其恶劣。"我流利地答道。我在藏宝阁的一本书里曾经读到过这段历史。"除了统治者本人，任何人都不能掌握知识。始祖修女们不甘心沦为他的奴隶，于是偷出部分知识，驾驶纳奥恩德尔号帆船来到这里。"

欧修女点点头。"她们的航行漫长而艰苦。始祖修女们所在的约斯坦国位于遥远的东方，由于年代久远，具体的方位已经无从考证。她们在海上遭遇了风暴，纳奥恩德尔号幸运地避过利齿峰，被刮上了岛。始祖修女们就在帆船搁浅的地方修建了知识圣殿。"

恩妮可举手提问："欧修女，我觉得这不可能。"她指向窗外。"知识圣殿建在半山腰的位置，就算是再强劲的风暴也没法将一艘船刮上来嘛。"

欧修女点点头。"你说得没错。但史书里是这么记载的。或许当时的风暴异常猛烈。或者，我们可以用另一种方式解读历史。"

我注意到洁听得很专心。她的身体微微前倾，目不转睛地盯着欧修女。

"知识圣殿蕴藏着始祖修女们带来的一切力量,"我喃喃自语,"欧修女,为什么她们用'力量'这个词,而不说'知识'?"

"因为知识就是力量。"朵耶插了一句。

朵耶是玛瑞安修女的门徒,负责照顾岛上饲养的动物。尽管比我年长不少,朵耶却总是一副心不在焉的模样,给人感觉她比实际年龄要幼稚许多。朵耶是鸟族的后裔,因此上岛时带来了族群中的一只圣鸟。圣鸟的体型和鸽子差不多大,全身长满蓝色和红色的羽毛。奇妙的是,蓝色的那些会在日光下变幻成各种颜色:绿色、黑色,甚至金色。圣鸟成天蹲在朵耶的肩上,亲昵地啄着她黑色的头发和标志性的招风耳。圣鸟没有名字,朵耶干脆就称呼它为"圣鸟",而它似乎也能听懂朵耶的话。

欧修女冲朵耶微微一笑,这难得的笑容令她两片薄薄的嘴唇和一双深色的眼睛透出温柔的意味。"的确如此,朵耶。知识就是力量。正因如此,你们在进入修道院成为初学修女后,我们有义务将所有知识倾囊相授,这样你们才能将知识传播给更多的人。特别是纳尔修女的门徒,她们需要学习大量的草药和医学知识,因此责任尤其重大。"

"其他知识也很重要。"我忍不住反驳。我极力向欧修女证明,尽管我的年龄比朵耶小,但懂的东西可一点也不少。"比如数学,再比如天文学,还有历史,还有,还有……"我想不出来了。

"还有清洁和整理,"尤伊姆补充道,"耕种知识也很重要。如果能在一小片土地上种出大量的作物,就能帮助许多吃不饱饭的穷人。"

"饲养动物也需要知识!"朵耶高兴地嚷嚷起来。

"建筑同样是门深奥的学问,"恩妮卡若有所思地说,"就拿搭建桥梁来说吧，既要保持稳定又要做到美观就很不容易。"

我耷拉下眼皮。这些话要是我一个人说的该有多好。

"大家说的都很好，"欧修女认真地总结道，"所有知识都很重要，你们可以带着这些知识回到自己的家乡，学以致用。"

"总要有人留在修道院吧？不然谁向新来的初学修女传授这些知识呢？"我反问道。

"是的。"欧修女给出了肯定的回答，然后向我投来意味深长的一瞥。"不过要记住，修道院不是用来消极避世的。"

虽然没有完全理解这句话的意思，但我对欧修女的回答还算满意。我所知道的是，我的家就在这里，就是岛上的一切：炙热的阳光，凉爽的海风，花香满溢的山坡，咩咩欢叫的山羊，嗡嗡作响的蜜蜂，修女，初学修女，以及读不完的书。

课间休息的时候，恩妮可和我照例来到柠檬树下，洁默默跟在我们身后。我们就着冰凉的井水分吃了一块面包，越过低矮的围墙望出去，大海蔚蓝一片，海面上闪烁着近乎晃眼的粼粼波光。知识花园里飘来阵阵甜腻而浓郁的香气，那是纳尔修女培育的草药和花卉。我们的头顶上不时有鸟儿掠过，有的形单影只，有些成群结队。一只黑猫正蹲在围墙上，歪着脑袋，抬起奶油色的前爪挠痒痒。恩妮可倚靠着柠檬树粗壮的树干，惬意地舒展开双腿。

"我真是听够了欧修女上课。真希望哪位修女能赶紧把我召走，别说做门徒了，打杂都行。"

"上课多有意思！我们每天都能学到新知识。"我疑惑地望着她，恩妮可则冲我无奈地笑笑。

"你学习的劲头和海绵吸水差不多,玛蕾丝。我和你不同,我渴望脚踏实地做出点什么。要是嬷嬷能看上我,让我担任月亮的守护者该有多好!那简直是莫大的荣耀!"

"整个修道院的初学修女中,就属你年龄最大,资历最深。嬷嬷肯定会选上你的。"我仰面朝天躺在地上,出神地凝视着蓬勃葱郁的树冠。深绿色的叶片中缀着好些白色小花,零零星星的煞是好看。正在我沉思间,蹲在墙上的黑猫灵活地一跃而下,一步一挪地蹭到我们身边。洁伸出手,小心翼翼地抚摸过它的脊背。黑猫眯起眼睛,发出享受的咕噜声。突然,洁像是看到了什么,整个人顿时僵在原地,我赶忙坐起身,顺着她的目光向外望去。

一艘扬着蓝帆的白色小船正向港口驶来。

"那是一艘渔船,"我用平静的口吻说道,"它向我们兜售捕获的海鲜。瞧,船坞上等着的是薇尔克修女和她的门徒露安。她们负责和渔船打交道。现在渔民陆续上岸了,他们的背篓里应该就是刚刚捕捞的海鲜。薇尔克修女多半会支付银币,有时她也用其他物品交换,比如蜜蜡,还有纳尔修女研制的草药膏。纳尔修女精通医术,熟悉各种草药的属性,修道院里的病人都由她照顾。根据渔民提出的需求,薇尔克修女会提前准备好交易的物品。"

洁仍然一脸紧张。恩妮可和我交换了一下眼色,一起站起身来。

"课马上要开始了。走吧。"

第4章 梦　魇

洁很快适应了修道院的生活。我往往只需要示范一遍，她就能立刻熟记在心。用餐完毕，她会将餐具拿进洗碗间；吃面包时，她会掰下小半块祭祀火神；换下来的衣服，她会及时送进浴悦堂进行清洗；对于欧修女布置的阅读作业，她总是一丝不苟地认真完成。短短几天内，她已经掌握了日出祷告的全部流程，并且能够背诵感恩弥撒中的所有颂词和赞歌。每到傍晚，她都会和我结伴前往知识圣殿，一本接一本地翻阅藏宝阁内的书籍，直到太阳落山。修女们都看出我和洁是形影不离的一对，因此在分配任务时从不将我们拆开。就这样，洁跟着我去山坡放羊，去海滩边捡拾蛤蜊，酿造出夏季的第一块奶酪，从井水房打水，整理花园，打扫初级修女之家。

不久我就发现，洁之前基本没有任何从事体力活的经验。她算不上强壮，甚至连拎半桶水都累得气喘吁吁。但她毫无怨言，准确来讲，她连一句话都不肯多说。

深夜时分，她时常陷入噩梦，在床上不安地翻来覆去。我有时被惊醒，听见她断断续续嘟囔着一些我听不懂的事情。其中有一个名字出现频率极高：乌奈伊。我不知道这是男人还是女人的名字，但既然常在梦里出现，乌奈伊对于洁来说一定很重要。大家都睡在同一个房间,所以不少初学修女都听过洁的梦呓。

门诺斯岛正式进入春季后,天气慢慢热了起来,修女们开始讨论月亮舞的筹备,以及春季其他仪式的安排。白夫人山开满了蓝色和白色的野花,引来成群的蜜蜂和蝴蝶。朵耶喜欢四处跑来跑去,随着鸟儿的鸣叫哼唱出婉转动听的旋律。她几乎能够模仿出岛上任何一种鸟类的叫声。

距离洁初次登岛已经过去了半个月相循环的时间,这天晚上,我们回到初学修女之家做睡前的准备。年长一些的女孩会为年幼的女孩梳洗打扮,我坐在恩妮可身旁,为她整理被海风吹乱的一头卷发。恩妮可微微侧过脸,享受地闭上眼睛。

"我很小很小的时候,姐姐也会这么做,"她喃喃自语,"我记不清她的模样,只记得她的手抚摸我头发的感觉。"

希奥蹲在我脚边,专心地逗弄一只黑色的小猫咪。猫咪用锋利的牙齿和爪子连啃带挠,在希奥的手上留下一道道抓痕,但希奥显然并不在意。

"我没有姐妹,"希奥叹了口气,"你呢,玛蕾丝?"

我点点头,用发梳一点点梳开打结的发团。"我有一个姐姐,一个妹妹和一个弟弟。姐姐娜拉伊斯比我大两三岁,弟弟阿齐奥斯和希奥你差不多大。姐姐要帮母亲打理农场,根本没时间为我梳头。在家里,都是我照顾弟弟妹妹。"我一时有些语塞,妹妹安奈尔仍然是一个难以启齿的话题。"至于我妹妹……那个……"

洁正在用棕色棉线修补长裤上的一只破洞。在我欲言又止之际,她刚刚放下手中的针线活,脸色苍白得仿佛白夫人山顶上终年不化的积雪。这时,希奥突然打断了我的话。

"洁,乌奈伊是谁?我听你在梦里总是提到这个名字。"

"希奥!"我厉声喝止,希奥用一双深色的眼睛惊恐地回望着我,不敢再问下去。但为时已晚。洁发出一阵凄厉尖锐的嘶吼,摊开手掌不断抽打自己的脸颊。我扑上去紧紧箍住她的手腕,却仍然无法阻止她口中的胡言乱语。我转过头吩咐恩妮可:

"快去把纽梅尔修女找来。"

恩妮可飞一般冲出房间,其他初学修女吓得纷纷躲闪开来。希奥瑟瑟发抖地蜷缩在床脚边,不敢发出一点声响。纽梅尔修女很快赶到,我们合力将洁抱到纽梅尔修女的床上。洁完全没有反抗,只是挥舞着四肢对自己一番拳打脚踢。我们只好将她暂时固定在床上,直到恩妮可叫来纳尔修女,向洁的嘴里强行灌下几口药水,她才慢慢安静下来,继而蜷缩在纽梅尔修女的床上沉沉睡去。

作为最为资深和年长的两名初学修女,恩妮卡和我义不容辞地承担起维持秩序的任务,直到确保所有人都安然睡去,我们才悄悄走出房间,试图平复自己的情绪。

深蓝色的夜幕笼罩在内花园上空,熠熠闪烁的繁星仿佛一粒粒铺洒开来的钻石。四周万籁俱静,只有海浪偶尔的翻涌声穿过围墙渗透进来。恩妮可闭上眼睛,做了个深呼吸。

"她一定经历过比我更惨的事情。我曾经遭到父亲和叔叔无数次的毒打,但洁的遭遇一定不止毒打这么简单。"

我试图想象被自己父亲毒打是怎样的感受。我回想起自己瘦弱的父亲,在看不到希望的饥荒岁月里,他将自己仅有的口粮省给孩子。正是父亲收集起所有关于修道院的信息,设法打听出门诺斯岛的方位以及航行路线。在意识到将我送进修道院是最好的选择后,父亲泣不成声。在我坐上马车的一刹那,父亲依依不舍地攥住我的手,他知道自己的女儿即将离开农场,离开村落,离开这个国家,去往南部的遥远海岸。

"洁完全没有安全感,"我笃定地说,"或许,她根本不知道什么是安全感。"

第5章 血贝壳

我们在修道院的生活基本属于自给自足。我们从海边捡拾蛤蜊和鸟蛋,从山上采摘野莓和水果;我们挤出羊奶酿造奶酪,用羊肉做成香肠和羊排;我们在修道院和孤星堂之间的山谷开辟出菜地,培育出橄榄树和葡萄藤;到了夏季,我们还可以从玛瑞安修女的蜂箱中收获蜂蜜。

但有些东西我们必须依靠岛外的补给,除了种子、海鲜、盐巴、香料等食物,还有做衣服的布匹和祭祀用的熏香。购买这些需要银币,而多亏有了岛上的血贝壳,修道院从来不缺银币。

血贝壳是唯一一种能将布匹染成殷红色的染料。从某些植物中提炼的色素当然也能充作红色染料,但没有一种能染出如此深邃而亮泽的色彩。我的确承认血贝壳染出的颜色绚丽夺目,但它如此受到追捧,卖价如此之高却是我无法理解的。许多国家的王公贵族都以穿着血贝壳红的服饰作为荣耀。也因如此,只有那些腰缠万贯的富商才买得起血贝壳。红色修道院正是由于岛上盛产血贝壳而得名,不过每次我向别人这么介绍的时候,欧修女都要补充说还有其他我暂时不能理解的原因,比如神圣的生命之血之类。

嬷嬷童年时期,血贝壳远不如现在这么昂贵。它不仅广泛存在于瓦莱依群岛,甚至在遥远西方的朗霍恩陆地都有繁殖。我曾听说过瓦莱依居民提炼染料的野蛮方法：他们将贝壳堆在白色的瓷盘内，利用烈日的炙烤使其腐烂。每年夏天，贝壳的腐臭气味都会弥漫数周之久。血贝壳于是渐渐萎缩下去，最终彻底绝迹。

但是门诺斯岛上的血贝壳仍然保持旺盛的生命力。相比瓦莱依居民，我们采用一种截然不同的传统方式提炼染料。

血贝壳的采集通常在春之星苏醒后的暮春时节。为了迎接接踵而至的夏季，玫瑰堂内通常会举行一系列的祭拜仪式。我们从山上捡来刮落的枯枝，连同冬季剩余的木料一起点燃熊熊篝火。然后静静等待晴好天气的到来。

血贝壳属于罗伊妮修女掌管的范畴。她不仅需要决定确切的采集时间和具体的采集过程，监督提炼染料的方法步骤，而且要和薇尔克修女共同负责血贝壳的交易。只消一个凌厉的眼神，罗伊妮修女就能将血贝壳卖出天价。据我所知，靠血贝壳赚来的银币都收在嬷嬷那里。每一位初学修女离开修道院前，都能得到几块银币以应付不时之需：开设诊所、成立学校、改善家乡条件，等等。

偶尔我也会幻想，自己带着银币回到父母亲身边，再见到我的兄弟姐妹，那该是怎样一幅场景。这些银币能为我的家庭做些什么，又能为整个村落做些什么？——至少，它们能帮助村民摆脱饥寒交迫的生活。我想起安奈尔，以及许许多多像她一样因为饥饿而夭折的孩子。

憧憬固然美好，然而我也清楚，它的代价是我必须告别修道院；告别我所有的朋友；告别晨间沐浴、月亮舞、感恩弥撒；告别知识花园、玛瑞安修女的山羊、岛上的海鸟和猫咪；告别欧修女和藏宝阁；告别无忧无虑和自由自在。

由于血贝壳守护者的身份，罗伊妮修女自视甚高。诚然在祭血仪式期间，她同样有权执掌玫瑰堂，但这也不应构成她不可一世的理由。玫瑰的守护修女才是仅次于嬷嬷的重要人物，但她却是所有修女中最谦卑的一位。

罗伊妮修女的门徒图兰是我的好朋友。去年，当听说图兰被召去守护血贝壳时，我着实为她捏了把汗。图兰和罗伊妮修女完全是两个极端。从性格来说，尤伊姆大概更适合这个位置！我担心图兰会不开心——换作是我，每天在罗伊妮修女的眼皮底下做事非崩溃不可，但图兰反而微笑着安慰我。

"我不会去理会她喋喋不休的咒骂。只有抛开表面这些，你才能认识到深层的本质：罗伊妮修女其实懂得很多，她对工作的热忱和认真态度令人折服。并且，她所做的一切都是为了延续血贝壳的命脉。身为血贝壳的守护者，我有责任探索创世女神最深邃的奥秘。"

在我们这些初学修女中，图兰一直是最聪明的那个。当其他人找借口逃避祭祀或祷告，溜出去游泳或在羊圈里躲猫猫时，图兰始终能耐心细致地完成自己的工作，丝毫不受我们的干扰。她从不说别人的闲言碎语，但她也绝不是个无聊的人，只是认真而已。童年时期，图兰曾亲眼目睹父母亲病重身亡。她完全凭借自己的力量克服了旅途中种种艰险，辗转来到修道院。由于图兰喜爱草药和医学知识，有很长一段时间我都以为她会投身纳尔修女门下。但图兰说，她更为着迷的是创世女神的奥秘。

那年春季，我们盼来了难得的好天气。风和日丽，晴空万里，偶尔作祟的春季风暴一次也没有出现过。春之星苏醒时，白夫人山顶部的积雪尚未消融，山坡上开满了白色的火绒草。远远望去，仿佛整座山都蒙上了一层白纱。

我们每天都在祈祷晴好天气的继续。罗伊妮修女则密切关注着风向，确保采集工作的万无一失。一旦岛上刮起东北风，就标志着血贝壳的收获日正式到来。

这天清晨，我们被一阵深沉而悠扬的血钟声唤醒。那是大家期待已久的采集信号。尽管早有心理准备，洁从床上坐起时仍然一脸惊恐。

"收获周开始啦！"恩妮可雀跃不已，"终于不用上课了！"她从床上跳下来，兴奋地扯了扯洁的衣袖说："我们每天都可以待在外面！没有日出祷告，没有晨间沐浴，也不用打扫收拾房间！"

我瞥了眼恩妮可，在心里默默反驳：才不是呢！听不到欧修女上课，吃不到炉灶房的饭，也没法去藏宝阁看书了。不过我当然也是高兴的，只是原因不同。收获血贝壳是唯一一项集体完成的工作，我喜欢的是那种热闹团结的氛围。修女和初学修女全体出动，就连孤星堂的修女也不例外。只有年老体衰，无法弯腰劳作的那些人才会留在修道院。

我们聚集在炉灶房外的空地上。玛瑞安修女和朵耶早已准备好两辆驴车，车上整整齐齐叠放着成捆的丝线和羊毛毯。罗伊妮修女和图兰将篮子分发给大家（包括嬷嬷在内！），一行人浩浩荡荡穿过山羊门，离开修道院。

我们沿着山脊上的小径向海滩走去，沿途可以闻到蜂蜜和露水的清香。在家乡时，我做梦也想不到世界上居然有门诺斯岛这样的存在。一个温暖、富足、充满知识的地方。鲁瓦斯的人们仿佛生活在阴暗寒冷的洞穴内，对外部世界一无所知。修道院的学习为我打开了一扇窗，一扇通往光明和温暖的窗户。我深深吸了口气，胃里有着舒服的饱足感，阳光暖暖地洒在身上，轻柔的春风拂面而来。真幸福啊，我想，这应该就是幸福。

修女们走在队伍最前面,她们身穿破破旧旧的衣服,松松地挽着裤脚,拎着篮子有说有笑,其中欧修女的声音最为突出。洁跟在我身边,一只手紧紧攥住篮子的把手,紧张地盯着下山的路。希奥和她最好的朋友伊丝米蹦蹦跳跳地走在后面,伊丝米是一个活泼的红头发女孩,去年夏天从瓦莱依群岛来到修道院。还有恩妮可,她正领着一群幼龄初学修女哼唱童谣。

> 猫咪趴在墙上睡懒觉,
> 我的小青蛙,跳一跳!
> 风儿吹过树梢微微摇,
> 我的小青蛙,跳一跳!
> 女孩穿着红色长袍,
> 赤着双脚跑呀跑,
> 她要把那心上人找。
> 我的小青蛙,跳一跳!

我转过身。恩妮可每唱一句"跳一跳",小女孩们就争先恐后地做起青蛙跳来,然后嘻嘻哈哈笑成一团。她们身后跟着两辆吱吱呀呀的驴车,队伍的末尾则是几名较为年长的初学修女,白色头纱在阳光下反射出明晃晃的光。

我望向洁。

"今晚我们要在海滩边露营。如果一直都是这样晴好的天气,我们可能还要多露营几晚。你在野外露过营吗?"

"没有。在我们那里,太阳落山后,女孩子是不许在外活动的。"

这是洁第一次提到自己以前的生活。我很好奇她究竟来自哪里。德文兰?可那里的居民没有洁这么浅的发色啊,我犹豫着不敢问出口。

"你可能会有点不习惯。反正对我来说,不管白天干得多累,头一晚我总是睡不着,只能靠看星星打发时间。"

山脊越发陡峭,为了防止行人失足跌落,修女们沿着小径筑起一道低矮的围墙。红头发的伊丝米绕到我们前面,轻轻一跃跳上围墙。她伸直手臂保持平衡,努力踮着脚尖,得意地说:"快看!现在我比你们都要高!"还没等我反应过来,洁已经一个箭步冲上前去,一把将伊丝米抱下来。

"你摔下来可怎么办?!"洁靠着围墙,气喘吁吁地埋怨道。阳光下的大海银白一片,顺着风势涌向我们脚下的悬崖,激起一朵朵浪花。伊丝米一边笑,一边继续蹦蹦跳跳地往前走。小女孩通常都有种无知无畏的气势,而伊丝米又是其中胆子最大的一个。

小径走到尽头后,我们拐上白夫人山的南坡。没过多久,前方出现一片蔚为壮观的葡萄藤,藤条上刚刚长出几片嫩绿的新叶。

"这里就是齐莱丽修女种植葡萄的地方,"我告诉洁,"冬天吃麦片粥时,偶尔还能拌上点葡萄干呢。那下面的山谷里就是我们的橄榄园。"

从现在的角度望过去,大海呈现出明亮的蔚蓝色。洁下意识地眯起眼睛,用手掌遮挡住阳光。

"大海真辽阔啊,"她感慨道,"它每时每刻都在变化着颜色,叫人怎么看都看不够。至于海平线……晴天时它像刀刃般锋利清晰,在雨雾中又朦朦胧胧,模糊一片。"

"你的家离大海远吗?"

洁垂下手。"不远。可我始终没见过海。我从没离开过父亲的家和山谷里的稻田。很小很小的时候,我曾经去过一次色彩集市,但从那以后父亲突然规定,我们女孩子必须留在家里。"

洁的家庭肯定不止有她一个孩子。

"我第一次见到大海是在穆厄瑞欧。"我回忆道。洁向我投来疑惑的目光。"穆厄瑞欧是瓦莱依群岛的港口城市,大多数女孩都是从那里坐船来修道院的。我见过大大小小不少湖泊,但完全没想到海是这个样子。它那么大,无边无际,刚上船的时候,我还吓得直哆嗦呢!"想到这些,我不由哈哈笑起来。洁却是一脸严肃。

"我也会感到害怕。但不是怕大海。"

"玛蕾丝!"希奥扯扯我的袖子,"玛蕾丝,给我们讲个故事嘛!"

我微笑着望着她急切的小脸说:"希奥,打断别人的谈话是不礼貌的行为。"

"我知道。可你们一直聊个没完。再说伊丝米也想听嘛!"

"那我就说说白夫人山的故事,还有她为什么总戴一顶雪帽子。"

"不嘛,玛蕾丝。还是讲讲海盗占领修道院的故事吧!"伊丝米拽住我另一边的袖子。我用余光扫了一眼洁。讲这个故事或许并不合适,其中某些情节真的挺吓人,好在最后的结局还不错。

"自从纳奥恩德尔号帆船在岛上搁浅后,始祖修女花了好几年时间建造起知识圣殿和修女之家。事情发生的时候,她们刚刚开始兴建玫瑰堂。最初的修女之家规模远不如现在大,因为始祖修女统共只有七位。希奥,你还记得她们的名字吗?"

"卡比拉、克拉莱丝、加莱、埃丝特吉、欧塞奥拉、苏拉尼,还有……"她一脸沉思地咬着嘴唇,"我总是想不起来最后一个的名字。"

"她叫达伊拉,是第一任玫瑰守护修女。"我将篮子移到左手,伸出右手向上一指:"沿着小径一直向北,可以抵达白夫人山和修道院山之间的山谷。我们开辟的菜地就在那里。再继续走下去就是孤星堂了。但现在我们要从白夫人山的南坡下去,前往门诺斯岛的南岸。那里的海滩较为平坦,最适合收获贝壳。"

"继续讲嘛!"伊丝米噘起小嘴。

"那个时候,修道院还没有积攒起那么多银币。修女们也没有发现血贝壳的生长区。她们忙着成立修道院,建筑房屋,聚集更多知识。当时还没有那么多关于修道院的传闻,所以岛上应该还没有初学修女,不过这点我并不确定。"

"不过还是来了一艘船!"希奥忍不住插嘴,"一艘大船!"

"没错,那是一艘有着红灰色风帆的狭长帆船,外形类似始祖修女们乘坐的纳奥恩德尔号。史书上没有记载帆船来自哪里,但我猜想,他们应该同样来自遥远的约斯坦国。船上全都是海盗,他们觊觎修道院里的知识,甚至想要将始祖修女们统统吃掉。"

洁打了个寒噤,脚步趔趄了一下。我握住她的手,扶着她走出一段才继续讲下去。

"这件事发生的时候,修道院的四周还没有建起围墙,因此整座岛可以说毫无设防。一天深夜,趁着修女们安歇之际,这群海盗悄悄驶入港口。然而门诺斯岛仍然醒着,岛上所有的鸟儿放声鸣叫,惊醒了熟睡中的修女。她们立刻离开修女之家,躲进知识圣殿。"

"玛蕾丝,我有个问题。修女们为什么要躲在那里?为什么不跑到山顶上去?"

"我也不知道,希奥。或许她们希望利用知识恐吓走海盗。"

"知识怎么能把海盗恐吓走呢?"

"书里可能会有答案。好了希奥,请不要打断我。修女们冲进知识圣殿后,海盗们迅速将圣殿团团包围。他们人数众多,面相凶残,手中的刺刀在月光下闪着冰冷的白光。他们试图撞开大门,大门纹丝不动;他们企图破窗而入,却发现窗户竟然变成一块块石头。最后,也不知道是谁想出了火烧这个方法。一开始还挺奏效,不久后,木质大门和房顶开始升起阵阵白烟,海盗们欢呼雀跃:修女和她们的知识眼见就要葬身火海。

就在这时,海盗头子厉声喝止了火烧圣殿的行为。他一直没下船,看见岛上冒起了白烟才匆匆赶了过来。海盗头子愤怒地嚷嚷说,他们的统治者想要夺取修女们的知识和力量。人被烧死了无所谓,但要是所有知识都付之一炬,那么统治者一定勃然大怒。听到这话,海盗们赶紧七手八脚地扑灭了火。"

"我见过那些烧痕,"洁低声说,目光始终盯住脚下的小径,"知识圣殿的大门上有少量焦黑的印记,就是那场大火留下来的吧。"

经洁这么一说,我猛然想起来,大门最下方的确有焦黑色的一道。

"海盗头子出主意说,'我们就在这儿等着。修女们没吃的没喝的,肯定会撑不住跑出来的'。于是海盗们纷纷坐在地上,打算和修女们僵持下去。"

"然后她们就出现了!"希奥忍不住提前公布剧情,"月光女神!"

"没错。就在这帮海盗得意忘形的时候,整个大地突然剧烈地晃动起来。远处的修道院山上,七位女巨人正阔步向这里走来。她们通体银白,仿佛由月光做成,所到之处均激起山崩地裂的震颤。她们披散的头发扫过山坡，将花朵和树苗连根拔起。她们身上的光芒越来越强，海盗们纷纷别过脸去试图躲闪，然而白光从四面八方投射而来，在刺刀表面激起一道道反光，刺瞎了他们的双眼。这时，七位女巨人捡起石块，雨点般向海盗们砸来。石块巧妙地避开了修道院的所有建筑，将海盗们砸得粉身碎骨，然后统统滚进大海。"

所有人都陷入了沉默。

"据说岛上的土地是被海盗的鲜血染红的。"我悄悄瞥了一眼洁。她一脸苍白，却故作镇定。"月光女神砸下的石块就成了围墙的基石。"

"那些女巨人是从哪儿来的？修女们不是都躲在知识圣殿里吗？"

"我也不知道，希奥。或许她们是门诺斯岛的化身。或许，始祖修女拥有我们所不知道的能力。这些毕竟是很久以前的事了。"

希奥和伊丝米继续蹦蹦跳跳地往前走，她们一边踢着地上的小石子，一边大声嚷嚷着，自己是月光做成的女巨人。洁转过脸来，一脸严肃地凝视着我的眼睛。

"如果不幸降临，你觉得鸟儿也会唤醒我们吗？"

我们在正午时分抵达海滩。太阳高悬在空中，慷慨地将阳光洒在每个人身上。门诺斯岛的南岸是唯一避开了陡峭悬崖的海滩。白夫人山的坡度在这里骤然放缓，逐渐演变成错落有致的石堆，一直延伸进海里。海滩狭长平坦，非常适宜采集贝壳。我们坐在海枣树的树荫下，等着厄尔斯修女和尤伊姆分发面包和奶酪。厄尔斯修女的另一位门徒西西尔手捧盛满井水的陶壶，不断地在树影中穿梭，挨个为大家倒水。陶壶始终贮存在驴车的丝线和毛毯中，因此井水喝来仍然沁凉可口。

午餐完毕，罗伊妮修女召集起所有人。

"你们中间的大部分人都有过采集经验，具体步骤就不需要我重申了。洁和伊丝米，你们要仔细观察别人的手势和方法。装满一篮贝壳后就交到我和图兰这里，我们会示范如何提炼染料。在处理贝壳时千万要小心，绝对不能有任何的损坏。"

我们在大海的浅滩处涉水而行，幼龄的初学修女们一派嘻嘻哈哈的乐天模样，不时地相互泼水，嬉戏打闹。修女们则默然不语，态度郑重。洁紧紧跟在我身边，我耐心地指导她如何分辨出吸附在石头表面的一簇簇血贝壳，如何巧妙地将它们从石头上分离开来，再小心地放进篮子。由于血贝壳经不起任何一点轻微的损坏，我们的手法必须格外轻柔。有时血贝壳的吸附力实在太强，采集一枚需要花上相当长的时间。

"我还以为它们是红色的，"看着我收获完第一枚血贝壳，洁不禁发出感慨，"没想到它们和珍珠母一样白。"

"红色的部分藏在里面。"我一边将贝壳轻轻放进篮子，一边向洁解释。"你很快就知道了。"

我和洁分别采集完满满一篮，淌着海水回到海枣树下。罗伊妮修女和图兰找来四块木条，利用驴车的平板搭建出一张长条桌。两头驴子则自得其乐地啃起海枣树的树皮来。

图兰示意我们将篮子放在树荫下，然后拉开一捆丝线，在桌面上绷出细细密密的几条。血贝壳受惊时，会本能地释放出一种深红色液体，血贝壳因此而得名。罗伊妮修女取出一枚贝壳递给洁，示范她如何用指甲叩击贝壳表面，待它稍稍张开一点缝隙后，迅速卡住丝线来回滑动。在贝壳释放完所有的红色液体后，罗伊妮修女将它放进另一只空篮子，然后取出新的一枚进行操作。

丝线染色的提炼方式效率极低。如果采用瓦莱依岛民的方法，将贝壳堆放在白瓷盘里，任由其在阳光曝晒下腐烂死亡，虽然一次性能够收集到的液体更彻底，卖得的银币也更多，但血贝壳的种群也会濒临灭绝。再说，修道院对银币的需求还不至于如此迫切。

完成了提炼工作，我和洁拎着篮子，将用完的血贝壳重新放回大海。我们的手掌和手臂被染得通红，在未来的几天内，这种红色还会越发加深。收获周结束后，整个海滩都会变成血红一片。罗伊妮修女和图兰架设的长条桌周围，原本翠绿的青草已经缀上了星星点点的红色，乍一看仿佛红艳艳的石榴籽洒落了一地。

黄昏来临之际，厄尔斯修女和她的门徒在石头上摆放好食物：面包、奶酪和香喷喷的肉馅饼。肉馅饼是厄尔斯修女专为收获周而烤制的，除了用各种香料调配内馅外，她还特意添加了树莓干。大家伸出染成通红的手指，迫不及待地抓起食物往嘴里塞。之后，修女们点起两堆篝火，自己一堆，初学修女一堆。我们围坐在篝火旁说说笑笑，太阳在渐暗的暮色中滑落下去，挣扎着悬在西边的海平线上，仿佛一只金色的圆球。大海蔚蓝一片，偶尔翻涌的波涛像是移动的暗色条纹，在抵达海滩的一刹那化为细碎的浪花。海平线附近的天空呈现出蜜桃般的色彩，再往上，随着蜜桃色越来越深，夜幕仿佛铺开一张无边无际的丝毯，在我们的头顶上方点亮了今晚的第一颗星星。几只海鸥掠过初现暗色的海面，发出悠长的叫声。在太阳跌入海里的一刹那，希奥将头枕着我的臂弯，在紫色的天幕下进入梦乡。海面波光粼粼，闪烁出紫罗兰和土耳其蓝的光亮，仿佛一匹起了皱的绸缎。海平线的那边，春之星已经悄然苏醒，清澈而冰冷。

我的眼皮变得沉重起来，由于长时间的俯身劳作，我的整个背部泛着酸痛。大海的呜咽就是一首催眠的摇篮曲。但我喜欢这样坐着，静静地感受夜色在海面上无声无息地蔓延。初学修女们早已陆续裹紧各自的羊毛毯，靠在篝火边沉沉睡去，我还在抵抗着睡意的侵袭。只有洁还在陪伴我。她目不转睛地凝视着深蓝色的天空，跃动的火苗投射在她的瞳孔内，亮晶晶地闪着光。

"你从没见过这么动人的场景吧？"我轻声问道，"每次体验到大自然的美，我都会有种心碎的感觉。"

洁点点头，欲言又止，眼泪突然夺眶而出。我小心地将希奥的小脑袋从膝盖上挪开，紧紧地靠在洁的身边。但洁似乎并没有表现出情绪失控的征兆，只是仰望着星空，悄无声息地流着眼泪。我握住她的一只手，陪着她坐了好久好久。直到夜色越来越深，浓得快要化不开时，洁才对着星星倾吐出自己的心声：

"她再也看不到了。乌奈伊，我的姐姐。这么美好，这么动人的一切，她再也无法体会，无法经历了，"洁用另一只手快速地拭过脸颊，"玛蕾丝，一想到姐姐，我就觉得难过。"

"你的姐姐，她死了？"

"她死了。被埋在了地下。"洁抽出被我紧握的手，捂住眼睛。"玛蕾丝，我亲眼目睹了她被埋葬的过程。我的父亲和叔叔们将土一铲子一铲子地盖在她脸上。最后还狠狠踩了几脚把土压实。我眼睁睁看着他们丢下铲子，有说有笑地回到村里喝酒庆祝——庆祝乌奈伊的死去，庆祝我美丽善良的姐姐终于不再是他们的麻烦。只有我和母亲还守在墓地旁，想再陪陪姐姐。

来到岛上的许多女孩都失去了挚爱的亲人。我想要再次握住洁的手,告诉她我能明白那种感受,我愿意分担她的痛苦。然而洁攥紧了拳头,展露出难以接近的凌厉气势。

"那可是乌奈伊,从没伤害过别人的乌奈伊!她是家里最乖巧最听话的女儿。那天她在井边打水的时候,一个陌生男孩向她讨要一口水喝。乌奈伊一向都很好心,当然不会拒绝这种要求。但是父亲根本不相信他们之间的清白,一直辱骂乌奈伊是妓女。事实上,乌奈伊甚至连对方的名字都不知道!更糟的是,那个男孩是米霍族人,和我们克霍族是禁止通婚的。父亲因此勃然大怒,斥责乌奈伊玷污了家族的名誉,要求她以死谢罪。玛蕾丝,我到现在都不能想象,姐姐当时是怎样绝望的心情。"洁侧过身来,她的脸距离我如此之近,我能在昏暗中看见她黑色的瞳孔。"每晚临睡前,我都会试着体会那种感受:嘴里灌满了泥土,石头和沙砾挤压着肺部,鼻腔严重堵塞,呼吸窘迫,挣扎着徘徊在窒息的边缘。在家人的注视下慢慢死去,眼睁睁地看着自己最爱的妹妹近在咫尺,却不能向她求救。玛蕾丝,一到夜里,我就变成了乌奈伊,我就是乌奈伊!"

我的心怦怦直跳,本能地向后缩了缩。"你的意思是,"我能明显感到声音中的颤抖,"你的意思是,你姐姐她——"

"她是被活埋的,"洁小声说,"他们踩实了盖在她身上的土。"

鉴于持续晴好的天气,整整一个星期,我们都留在海滩上辛勤劳作。罗伊妮修女对丰硕的成果相当满意。嬷嬷在白天的时候都和我们在一起,到了晚上,她必须返回修道院照顾那些留守的年长修女。厄尔斯修女和她的门徒负责食物的补给和丝线的更替,因此常常驱赶驴车往返于修道院和海滩之间。

收获周接近尾声时，幼龄初学修女的耐心已经消耗殆尽。我必须越发频繁地四处跑动，寻找那些擅自下海游泳或钻进树林的女孩子。我从不强迫她们乖乖干活，只是叮嘱她们在我视线范围内玩耍。大海瞬息万变，深不可测，而树林里又很容易迷路。

这天下午，当我将希奥和伊丝米带出树林时，迎面碰见了嬷嬷。我蹲在她们面前，语重心长地规劝道：

"你们必须在我能看到的地方玩耍。万一你们在树林里迷路了，错过晚餐可怎么办？你们岂不是要饿坏肚子？我听说西西尔和尤伊姆今天送了新鲜的奶酪和果酱过来。"

"反正你会来找我们的，"希奥淘气地说，"你总能找到我们。"

她牵起伊丝米的手，一起跑到海滩边玩起躲猫猫的游戏。嬷嬷用手遮住太阳，远远地望着她们嬉闹的身影。我站起身来。"对不起，嬷嬷。我尽量不让她们离开我的视线。但是一边干活一边盯人实在太难了。"

我已经在修道院生活了好几年，但和嬷嬷直接对话的次数屈指可数。比起和初学修女聊天，嬷嬷显然有更重要的事情要完成。

"照顾这些幼龄的初学修女，是纽梅尔修女交代给你的任务吗？"嬷嬷垂下手，问道。

"不是的，嬷嬷。"我抬起头直视她的眼睛。嬷嬷侧过她满是皱纹的脸，我第一次意识到她的睫毛如此浓密纤长。

"这么说是你自愿的。为什么？"

我沉思片刻，然后答道："我喜欢这么做。再说，我觉得她们需要我。"我的嘴角不由扬起一丝微笑。"我也需要她们。在帮助其他姐妹时，我就不会那么思念我的妹妹了。"

"你很想你的妹妹?"

嬷嬷知道安奈尔的事。难能可贵的是,她对所有初学修女的背景都了如指掌。我点点头。照顾这些尚且年幼的女孩算是一种慰藉,让我对安奈尔的夭折不那么内疚。我希望尽自己所能保护她们,不让安奈尔的悲剧在她们身上重演。

"你也经常帮助洁。"这并不是一个问题。我将目光投向海滩,洁正以轻柔的脚步折返于一片波光粼粼之中。

"我刚来这里的时候,恩妮可也帮助过我。"

"洁说过她过去的经历吗?"嬷嬷沿着树林边缘朝向罗伊妮修女的长条桌走去,我赶紧跟在后面。海风迎送来女孩们银铃般的笑声,其中挟裹着海藻咸湿的气息。

"说过一些。时间久了,她自然会告诉我的。"

"玛蕾丝,你对她很重要。别抛弃她。"

我惊讶地望着嬷嬷。她的语气中透出分外的沉重和严肃。

"绝对不会,嬷嬷。"

"那就好。"她向罗伊妮修女做了一个问候的手势,然后又恢复了平时的口吻。"既然你这么会照顾她们,纽梅尔修女或许会收你做门徒吧?"

纽梅尔修女?我从没想过这种可能。也许吧。我们很合得来,常常会讨论幼龄初学修女的喜怒哀乐。但我心里总觉得说不出的别扭。我的确喜欢和她们在一起,可是……

"不管怎么说,你已经承担起实际的责任了。"嬷嬷侧过脸看着我。她的嗓音又一次变得低沉,一双蔚蓝色的眼睛和头顶亮蓝色的头纱遥相呼应。"一旦发生意外,我希望由你照顾这些幼龄的初学修女。我赋予你守护她们的权力。"嬷嬷伸出食指，在我额头轻轻点了一下。我明白这份嘱托的意义，重重地点了点头。嬷嬷意味深长地看了看我，然后一言不发地走开了。

"嬷嬷要你做什么？"恩妮可好奇地问。她一手挎着空篮子，一手牵着洁。我不由想起嬷嬷问起洁时的眼神。

"我猜纽梅尔修女可能会召我做门徒。"我慢吞吞地回答。

"那你会答应吗？"恩妮可问，"你和那些小女孩不是玩得挺好嘛。"

"应该会吧。"我望向海滩，希奥和伊丝米正在玩骑马打仗的游戏。洁顺着我的目光看过去。

"换作是我，我也会答应的，"她突然来了一句，"我一直都喜欢小孩子。我有三个弟弟，打从他们刚出生，我就像一个母亲那样照顾他们。"

恩妮可和我交换了一下眼色。我只和她提过洁和乌奈伊的事情，再没有其他人。洁总是和我们在一起，所以我觉得有必要让恩妮可了解一些背景。

"你可以帮我一起照顾她们呀，"我说，"来，趁着晚餐前还有点时间，我们再看看还能不能采集到血贝壳。"

第6章　约斯坦语

收获周结束后,我们又恢复到修道院的正常生活:祷告,沐浴,上课。现在我心心念念盼望着月亮舞的到来,以及之后的饕餮盛宴,我几乎每晚都会梦见软糯的乳蛋饼和喷香的水雉蛋。

欧修女则专注于阐述世界的运行机制。

"在已知的国度里,许多人崇拜的是虚无的神祇。他们或是神话传说中的英雄人物,或是敬畏体型庞大的海怪,有些甚至通过臆想塑造出神灵,对他们顶礼膜拜。"欧修女端立在大家面前娓娓道来。海风从敞开的窗户中吹拂进来,那是门诺斯岛特有的初夏气息,伴随着海鸟的欢鸣、飞虫的低吟和羊圈里初生羊崽的咩咩声。

"但是,世界上所有的力量都来自万物之源创世女神,"欧修女一字一顿地说,"她的能量奔涌过广袤大地,一如流淌过我们身体的鲜血。有些人因此不惜截断创世女神的血脉,盗取她的力量据为己有。"

"当然,也有人巧妙地利用创世女神的力量达到其他目的。"让娜突然插了一句,她和孪生妹妹雨达都是科特克修女的门徒,在浴悦堂水汽的熏蒸下,她们的皮肤和衣服总是湿漉漉、皱巴巴的。我很喜欢这对姐妹。她们健硕有力,从不畏惧重体力劳动。尽管她们总是活在自己的小天地中,但对我的态度始终诚恳友善。

雨达朝姐姐点点头:"在我们家乡拉沃若有个传说,一个女孩拥有呼风唤雨的超凡能力,并且力大无穷,能够徒手劈山碎石。她和创世女神一起创造出这些奇迹。"

"那个传说已经很古老了,"欧修女说道,"你们说得没错。在倾听过创世女神的声音后,这个女孩试着哼唱出与之协调的旋律。根据后来流传的一些说法,不少人曾见过创世女神。她拥有许多不同的名字,也因此呈现出各种不同的面貌。但无论姓甚名谁,外表如何,创世女神都无处不在。"欧修女指向幼龄初学修女之家。"你们都认识小希奥吧,她祖辈的一名阿卡族女子就曾目睹过创世女神的真容,并且还协助惩治了一个亵渎创世女神的男人。"

"我们怎么才能运用到创世女神的能力呢?"朵耶问道。圣鸟轻轻地啄着她的耳垂。

"所有女性体内都蕴藏着创世女神的能量,"欧修女说,"其中一些人能够以各种方式召唤出这种能量。遗憾的是,不少本领如今已经失传。每天黎明之际,当我们记忆力的复苏程度达到巅峰时,创世女神的能量便能发挥到极致。"欧修女做出一个警告的手势:"当然也有人觊觎创世女神的力量,不择手段地占用和掠夺其他人体内的资源。"

"创世女神怎么能容许这种行为?"恩妮可惊讶地问,"这是有罪的!"

"这种行为的确令人不齿,但创世女神很少在意人与人之间的互动。我们必须对自己和自己的生活负责,这是创世女神赋予人类的权利。"

"那些人是怎么从其他人体内掠夺走创世女神的力量的?"我十分疑惑,这听来完全没有可能。

"谁都不知道确切答案。始祖修女的记载里曾多次提及此事,但那些文字艰深难懂。在始祖修女家乡的国度中，创世女神的力量不可避免地以各种形式遭到占用和掠夺，关于这些情况的细节都隐藏在谜语之中。这是一种极其危险的本领，常常让人误入歧途，走火入魔。掌握这种本领意味着拥有财富和权力，甚至得以奴役他人。因此，记录者不得不谨慎小心，生怕泄漏天机。"

"为什么始祖修女不允许男性上岛？"

这是洁在课堂上提出的第一个问题。所有人都不自觉地将脸侧向她的方向，但是欧修女似乎并未觉察出任何异样。

"门诺斯岛是一片圣洁的土地。始祖修女在抵达之日就敏锐地意识到这一事实。创世女神的血液在贴近地表的浅层土地中流动，她因此在这里显现出格外强大的力量。在世界各地，创世女神以其不同化身受到人们的崇拜，有时是圣洁处女，有时是发愿修女，有时是玄幻魔女。只有住在修道院的人们才洞悉创世女神的真相：她是三者的结合体。门诺斯岛代表了她的不同状态：初始、经过和终结。始祖修女之所以不允许男性上岛，或许是出于保护修道院的考虑，也可能由于其他的原因。外面流传的一种说法是，擅自闯入门诺斯岛的男性必然会遭遇灭顶之灾。至于它的真实性和可信度，我们不置可否。"欧修女露出了一抹神秘的微笑。

洁向前倾了倾身体。

"如果岛上出现了男性会怎样？"

"这种事又不是没有过，"我抢着回答，"你还记得我讲过的故事吗？关于海盗攻击始祖修女的事？"

"类似情况还发生过一次，"欧修女的回答出乎我的意料，"数世代之前，曾有一个男人独自来到岛上寻求庇护和治疗。修道院收留了他，并且治好了他的伤。"

洁将手臂紧紧地抱在胸前。"为什么？修道院怎么会允许发生这种事情？创世女神不会勃然大怒吗？"她的声音透出紧张。

"男性并不是我们的敌人，洁。那个男人需要帮助，修道院所做的一切完全出于自愿。要记住，我们守护的是创世女神的智慧和知识，而这些知识应该造福于全人类。"

这天下课后，我正要离开教室，欧修女突然叫住了我。洁站在门口，向我们投来询问的目光，但欧修女只是摆摆手，示意她先一步离开。

"你每晚都去图书馆读书。"欧修女缓缓开了口。我点点头。她站在窗前眺望着远方的大海。由于长期保持阅读的姿态，她的身体已经严重伛偻，整条脖颈呈现出 S 形，必须努力向前伸出下巴才能保持平视。她看起来仿佛一只孱弱的苍鹭，只在头冠处蒙着一顶蓝色的头纱。

"这里所有的书你都能读得懂？"

"除了最古老的那些。就是始祖修女用自己的语言撰写的，从约斯坦国带来修道院的那些。"

"你想要知道那些书里究竟写了什么吗？"欧修女转过身来，定定地看着我。

我经常久久凝视那些古旧的书籍和羊皮卷，猜测其中的内容。我痛恨这种无知的感觉。就像面对一只装有秘密的盒子，任凭你绞尽脑汁却无从开启；又像是有人在你面前摆上一块诱人的肉馅乳蛋饼，当你伸手想要触碰，它却倏忽消失不见。我用力地点了点头。

"当然！我一直都很好奇，始祖修女在建立修道院时，究竟为门诺斯岛带来了哪些知识?"

"关于这个问题,在其他修女后来撰写的书籍中也能找到答案。"

"可你不是说过,别人的阐述和自己的理解终归是不一样的嘛!"

看着我一脸迫切的样子,欧修女无奈地挤出一个微笑。

"既然你真的这么感兴趣,我不妨从最基础的语言部分教你。也就是说,在每天所有课程结束后,你还要来我的房间多上一两节课。你吃得消吗?"

"我们可以现在就开始吗?"我凑到欧修女身边,语气中有着掩饰不住的兴奋。我真想一把抓住她的手,将她拉进房间立刻投入学习之中。"求求您了!"

"嗯,我得先问问嬷嬷。如果她在日出祷告前就能给出肯定答复的话,明天我们就可以开始上课了。"

对于欧修女的提议,嬷嬷没有表示出任何反对。因此,第二天我就开始跟着欧修女学习约斯坦语的基础知识。洁不乐意就此落单,在我上课期间哪儿都不肯去,就坐在外面的圣殿花园里等我下课。希奥常常过来陪她,偶尔还会有一两只猫咪过来凑热闹。

来到修道院后,学习海岸语完全是一种迫不得已的必须行为。听不懂周围人的谈话常常让我陷入无比窘迫的境地。由于修道院没有开设海岸语的课程,我只好硬着头皮在实践中摸爬滚打。但这一次的学习是好奇心驱使下的自愿行为。令我沮丧的是,脱离了周围的语言环境,约斯坦语显得格外艰深难懂,学习过程也变得格外曲折。欧修女并不清楚词语的发音,我们因此将大量精力投入在书面语的理解中。每当我因为进展缓慢而感觉挫败时,欧修女总会柔声细语地鼓励我说,学习的整体情况已经比她预想中要乐观许多。

每天晚上，我坐在藏宝阁中，聚精会神地翻阅那些散发着古旧气息的书籍和卷宗。起初，我只能偶尔翻译出个别的单词，但随着学习程度的加深，我能读懂的词汇和短语也越来越多。一旦出现陌生词汇，我会一路小跑穿过圣殿花园，寻求欧修女的帮助。尽管不免责怪我的莽撞和急躁，欧修女还是会细致解答我的问题。不同于欧修女一贯的好脾气，罗伊妮修女总是不耐烦地摆摆手，冲我丢过来一句"我现在没空，玛蕾丝"，或者"你问题真多，玛蕾丝"！欧修女也会嘟囔说我不应该这么频繁地打扰她，但最终她还是会给出令我满意的答案。

藏宝阁里有太多太多令人爱不释手的书。欧修女说的没错，古籍中记载的许多内容在其他书中都有涉猎。但无论就叙述语气还是表达方式而言，之后的转述都无法体现出约斯坦语原文的厚重和沧桑，一些细节也被有意或无意地遗漏掉。总的来说，逐字逐句地阅读始祖修女亲手撰写的文字可谓是妙不可言的体验。自从踏入修道院的那一刻起，始祖修女的名字和事迹就一直萦绕在我耳畔，它们渗透了整个修道院的历史，成为门诺斯岛不可分割的一部分。

我读到一篇关于血的论文，论文作者是始祖修女之一加莱，她是知识花园的首位守护者。在论文中，她详细列举了哪些植物能够增强血液流量，哪些植物会稀释血液的黏稠度，哪些植物甚至能够阻断女性经血的产生。论文特地辟出单独的一章论述创世女神的血，包括它的流经区域和覆盖范围，被截断和被利用的危险性。论文中还提到，采撷某种生灵的精气可以制造出创世女神的血。由于内容实在深奥，我也只得一知半解。另一章则以女性的智慧血为主题，讲述了其适用领域及效力作用，以及保持其纯粹度所应展开的仪式。我读得一头雾水,不得不向欧修女请教什么是智慧血。欧修女面无表情地告诉我,之所以这么称呼,是因为始祖修女们认为,女性的经血具有某种神奇的力量。

在一张泛黄破损的羊皮卷中,我找到了关于始祖修女如何离开家乡卡伦诺克伊,历经艰难险阻,被一场风暴卷上门诺斯岛的历程。我曾经无数次地讲过这个故事,但眼前的版本中记载了我前所未闻的细节。"纳奥恩德尔号帆船于门诺斯岛搁浅,来自卡伦诺克伊的七名修女由此登岛,谨以此为证。我们的名字是:卡比拉、克拉莱丝、加莱、埃斯特吉、欧塞奥拉、苏拉尼和达伊拉。伊奥娜在途中不幸失踪,但她将永远与我们同在,她的力量将永存于门诺斯岛。"我从不知道还有第八名始祖修女——伊奥娜。

另一本关于头发的书读来十分诡异。其中有一整章论述了各种各样的梳子,并且言之凿凿地写道,只有使用铜质梳子才会唤醒创世女神的愤怒。许多古籍是介绍草药和医学知识的,另一些则描述了建筑修道院的浩大工程。有相当一部分论著和卷宗并非由始祖修女本人撰写,其中一本分析如何操控人类的书格外令人费解,我草草翻了几页已经觉得头疼。而一旦找到关于约斯坦国历史的书籍,我总是立刻如饥似渴地翻阅起来,同时在脑子里幻想出当时的自然风貌以及当地的风土人情。

一天晚上,我照例穿过知识圣殿的走廊前往藏宝阁,在经过地库大门的时候,我突然意识到,自己已经能够读懂门板上烙印的文字。我很早就知道这些用约斯坦语写成的文字的大概意思,但直到现在,我才能一字一句地解读清楚。

这里安息着七名修女,她们因爱相守永恒。简单而唯美的墓志铭下，依次镌刻着七个名字：卡比拉、克拉莱丝、加莱、埃斯特吉、欧塞奥拉、苏拉尼、达伊拉。后面还有一个字母I，我原先以为是罗马文标记，现在才恍然大悟，那代表了失踪的第八名修女伊奥娜。

就外观而言，地库大门根本不像一扇门。横穿整个知识圣殿的走廊两侧均饰有凸出墙体的立柱浮雕，而这段文字正位于两根立柱之间的门楣处。门楣下既没有边框，又没有把手，让人很难相信这是极其隐蔽，却又极其重要的地库大门。这扇门通往门诺斯岛最为神圣的地下世界，那是玄幻魔女所掌控的地盘。经过地库大门时，大家总是脚步匆匆，神色中流露出紧张和忐忑。玄幻魔女掌管知识和死亡，因此她的领地就设在知识圣殿下的地库。我虽然热爱知识，却也本能地规避开一切与死亡有关的话题。

那段饥荒岁月里，家里曾出现过一扇银色大门，就那么晃晃悠悠地悬在半空。其他人都没察觉到异样，我于是对此缄口不语。如今回想起来，我恍然意识到银色大门的另一边是同样饥肠辘辘，静静守候猎物的玄幻魔女。门把手的造型是一条蜿蜒的眼镜蛇，瞪着一双黑色缟玛瑙镶嵌的眼睛，每天夜里，眼镜蛇嘶嘶吐着信子，缠裹住我对食物的幻觉和渴望。在玄幻魔女捕获到猎物的那一刻，银色大门随即消失不见。

玄幻魔女掠夺生命。安奈尔就是她的猎物。

时至今日，我仍然能真切感觉到安奈尔的存在。在生命接近尾声时，安奈尔的身体轻盈得仿佛一片羽毛。她沉静地躺在我的臂弯之中，母亲低沉的啜泣奏起哀伤的旋律，父亲将头埋在棺材里——那是他亲手为女儿雕凿的栖身之地。

从那时起，我开始对玄幻魔女产生深深的敬畏和恐惧。整个门诺斯岛上，地库是唯一一处令我不安的所在。

在藏宝阁的每一晚，洁都陪着我一页页翻看那些珍贵的古籍。有时我会高声朗读出来，而洁总是饶有兴趣地认真聆听，然后提出各种各样的问题。

自从那夜在海滩边，洁向我坦诚了姐姐的遭遇后，她整个人似乎放松了许多。尤其和熟悉的人在一起时——比如我、恩妮可和希奥——洁已经能够敞开心扉，畅所欲言。从她的讲述中，我们得以窥见到她过去生活的点点滴滴。洁有三个弟弟：索尔扬、多冉和维克列特。诞下洁后，洁的母亲曾数度流产，以至于怀疑自己无法为丈夫生出儿子。直到维克列特出生后，父亲才终于满意地停止了对母亲的蹂躏。父亲搬离母亲卧室的那天，洁和乌奈伊听见母亲哭泣了整整一夜。次日清晨，当她们询问母亲是否还想念父亲时，却意外得到了否定的答案。母亲在泪水中露出微笑："现在我比任何时候都幸福。"

我们还得知，洁憎恨象征收获和贮藏的秋季。她不得不成天守在厨房，忍受着浓郁的醋酸味，将各种蔬菜和水果切成尽可能薄的小片。当中的唯一乐趣大概就是帮助母亲调配和搅拌各种香料。洁的家乡从不下雪，当希奥和我试着向她解释雪的模样时，洁第一次笑出了声。她的嗓音如此低沉，笑声却有着不可思议的穿透力。"从天而降的凉凉白白的东西，希奥，你可真能开玩笑！"

"可你不是见过白夫人山顶的积雪嘛！"我又好气又好笑。但洁固执地摇摇头。或许在她眼里，那些积雪不过是一片白色的花海或是一堆白色的小石头而已。

第 7 章　春洗日

尽管百般不情愿，整个春季里我最不喜欢的日子还是如期而至。我们刚一抵达浴悦堂门口，就撞上科特克修女一脸灿烂的笑容。"今天可是春洗日啊！"她的口吻中透着兴奋，似乎已经准备好迎接大家的喝彩。

吃完早餐，所有的初学修女都聚在内花园，等待着科特克修女带领雨达和让娜一起，将一只只沉重的洗衣桶抬进花园，在水井边砌起的石槽里升起柴火。石槽上方吊着一口盛满井水的铁锅。

"好了，各就各位吧！"科特克修女一声令下，我们立刻四散开来，奔向初学修女之家和修女之家，找寻需要清洗的物品。我们以最快的速度扯下床单和被罩，翻出柜子里堆叠的衣物，然后一捧捧抱回内花园，逐一摊铺在刷洗干净的大石头上。科特克修女，雨达和让娜仔细检查每一条床单和每一件衣服，决定哪些可以维持原样，哪些需要修修补补，哪些必须扔弃作废。在她们按照布料分类整理的同时，铁锅里的井水也慢慢沸腾起来。我和恩妮可合力抬起一锅汩汩冒泡的热水，挪到装满脏衣服的洗衣桶边，小心翼翼地将热水倾倒进去。科特克修女随即加入合适的洗涤剂，由几名初学修女手持一根耐高温的白色洗衣棒来回搅拌。其他人则忙着添柴加水，重新烧开一锅。

在我看来，洗衣服简直是世界上最无聊的工作。放在平时，清洗的任务都由科特克修女和她的门徒们独立承担,只有春洗日是个例外。当所有的衣物都经过高温蒸煮和浸泡后,我们用平板车将一只只洗衣桶运往海边,在光滑的大圆石上完成刷洗和漂清的步骤。然后,我们将洗净的衣物晾晒悬挂,利用太阳的炙烤和海风的吹拂使它们变得干燥(我们可以利用晾干的时间打个盹儿,吃点东西)。最后,我们必须拿出针线盒,逐一修补磨损和破旧的地方。要说还有什么会比洗衣服更无聊的,大概就是这种缝缝补补的针线活了。

洁和我并肩坐在浴悦堂树荫下的长凳上,共同织补一条磨得发白的床单。我想找点话题消磨时间,于是鼓足勇气向洁提议:"说说乌奈伊吧。"

我装出一副轻描淡写的口吻,用牙齿咬断一根线头,不经意地问了一句:"你姐姐,她是个怎么样的人?"

洁的手在半空停顿了片刻,继而将针穿过布匹间的隙缝。我的心一下悬到嗓子眼,每当希奥提及有关乌奈伊的话题,洁还是会明显表现出抗拒和恐惧。

"乌奈伊比我大两岁。和村里其他男人一样,父亲做梦都想要个儿子继承家业。因此对我们的出生失望至极。"洁向膝盖的方向拢了拢床单,以便继续织补。"乌奈伊一直是个好女儿,她尽一切努力成为父亲心目中那种典范式的克霍族女孩:善良、温顺、不张扬。她做任何事情都循规蹈矩,因此从小到大,我都将乌奈伊视为自己的榜样。"洁放下手中的针线活,目光投向远处的内花园。"一天中最幸福的时刻往往在傍晚,父亲还没从水稻田收工回家。我和乌奈伊忙完了家务,手拉手坐在屋顶上聊天。母亲在有空的时候也会陪我们坐一会儿。在炎热的夏季里,我们常喝一种酸酸甜甜的果浆饮料。饮料的做法很传统:

从山上采摘来各种各样的浆果：蔓越梅、野草莓、树莓，混上白砂糖和牛奶搅拌而成。我和姐姐喜欢望着太阳一点一点落下山坡，说到好玩的地方总是捂着嘴不敢笑出来，因为父亲最讨厌女孩的笑声。"洁的嘴角不自觉抽动了一下，挤出一个苍白的微笑。

"不，最幸福的时刻应该是每天晚上，乌奈伊和我挤在同一张床上，帮助彼此拆掉各种发卡和头饰。"洁下意识地用手掌抚摸过头发。"克霍族女孩的头发都是高高梳在头顶的，绝不能像我们这样披散下来。发髻梳得越高，代表这个女孩越漂亮。所以，每天光是整理头发就要耗费相当长的时间，两个人在一起的话，你帮帮我，我帮帮你会容易很多。临睡前，乌奈伊总会评价我当天的行为举止，指出可以改善的地方。拆掉发髻后，她还会替我按摩头皮缓解紧绷和不适。乌奈伊真心实意地希望我成长为一名完美的女性，一个恪守传统、温柔贤惠的女性，一个让父亲满意的女儿。我也这样希望，倒不是为了父亲，而是为了乌奈伊。对于乌奈伊的要求，我从来都是言听计从，可要做到她那样温顺实在太难了。乌奈伊的性格里似乎有种与生俱来的卑微，她总是低垂着头，避免接触任何男性的目光，无论父亲提出何种无理的要求，她都恭恭敬敬地回答'好的，父亲'。遭到父亲辱骂或毒打时，她只会自我反省可能的过错，从不辩驳或抱怨，我怀疑她的思想里根本没有反抗的意识。"洁用深邃的目光望着我。"我做不到她那样低声下气，我的内心始终在质疑中挣扎。但是为了乌奈伊，我一直都在忍气吞声。一旦我因为不妥的举止触怒了父亲，遭殃的人总是乌奈伊。父亲不分青红皂白，抄起木棍就对她一顿毒打。"洁轻轻叹了口气，问我："你爸爸会打你吗？比如你取果浆饮料的速度慢了一点，比如你做的饭不合他的口味，再比如，你不小心碰到了你的几个弟弟？"

我摇摇头:"父亲从来不会打我们。就算我们犯下天大的过错也不会。"

洁瞪大了眼睛:"我一直以为别人和我们家一样!乌奈伊总是说,父亲这么严厉地教育都是为了我们好。"她闭上眼睛,将脸埋进双手之中。"乌奈伊从来都是一个好女儿,可是好女儿的身份救不了她的命。"洁的声音越来越小,我只能断断续续地捕捉到她哽咽的话语。"就连被推进土坑时,乌奈伊也没有丝毫的反抗。她本应该争取一下的,至少可以站起来,但是她没有。他们先用土盖住她的身体,把她的脑袋留在外面,让她睁着眼睛目睹自己的死亡。乌奈伊始终一声不吭,直到厚厚的泥土覆盖住胸口,压得她喘不过气来,她才开始感到恐惧,努力想要挣脱出来。但一切都已经晚了。"

我伸出双臂将洁紧紧抱在怀里,任凭腿上的床单滑落下去。我无法切身体会那种痛苦,甚至难以想象,世界上居然存在这样的地方,人们自相残杀,毫无亲情可言。

"万能的创世女神,"我将脸埋在洁的头发里,嗅到肥皂和阳光的气味,"圣洁处女,发愿修女,玄幻魔女。我向您的所有化身虔诚地祈祷,愿这个女孩的伤口早日愈合。"

洁挣脱出我的怀抱,挺直了脊背,一脸严肃地凝视着我,棕色的瞳孔仿佛有种漩涡般的吸引力。"我不需要安慰,玛蕾丝。但是请为我祈祷,祈祷我终有一天变得强大,向那些有罪之人复仇雪耻!"

洁的这番话令我震惊。她的痛苦和愤怒都如此强烈,完全超出了我的认知范畴。我也会为安奈尔的夭折感到痛心,但从没产生过憎恨或复仇的念头。我避开洁灼热的目光,俯下身捡起尚未修补完工的床单,换了个话题:

"那你是怎么想到来修道院的？"

"因为母亲。"洁捻好线，开始修补起床单上另一处破损。"失去乌奈伊后，母亲生平第一次对父亲感到绝望。埋葬乌奈伊的当天晚上，母亲悄悄潜入我的房间时，我还一头雾水，完全不明白母亲的意图。她将乌奈伊和我的首饰打成一个小包，吩咐我穿戴整齐，将小包藏在我的贴身衣服里，然后为我精心梳理好头发。一直到我懵懵懂懂爬上等在门外的驴车，仍然没有猜透母亲的心思。'你应该去修道院。'母亲坚定地告诉我，'那里能够保证你的安全。虽然我必须失去我唯一的女儿，但只有这样，你才能得救。'

父亲不在家的时候，母亲和姨妈们会为我们哼唱民谣和歌曲，其中偶有提及到红色修道院。之前我一直以为那只是传说而已，因为一切听来都极不真实：一个禁止男性进入、只有女性居住的地方。她们靠什么养活自己？因为我从小受到的教育是，离开男人的女人是一文不值的。

我不知道母亲是不是也曾有过这样的担忧——修道院不过存在于臆想之中。但母亲非常清楚，失去了乌奈伊的庇护，我根本无法满足父亲提出的种种要求。而一个冷血的刽子手是不介意再度向亲生女儿下手的。"洁痛苦地闭上眼睛。"交代完这几句话，母亲吻了吻我的额头，转身就走。她甚至不忍心目送我离开。"

洁睁开眼睛，仰望着蔚蓝的天空，任由阳光直射进眼睛。"我们连夜赶路，只在次日下午稍稍休息了片刻。车夫一直神情紧张。我猜母亲预付的车费肯定够他一路驶抵海边，但他在途经的第一个城市就将我放了下来。我甚至不知道那个城市的名字。车夫大概忌惮父亲的报复，所以刚一拐上小路就催促我下车，然后头也不回地往回赶。我孤零零地站在来来往往的陌生人群中,不知道该往哪儿走。当时我害怕极了,玛蕾丝。除了家里的男性亲戚,我没和任何一个男人说过话。从前我至少还有乌奈伊陪着,现在只有我自己一个。"洁重新低下头,一针一线地织补起床单。"一个好心的女人救了我。而且她竟然还是尤伊族的人。尤伊族生来就是我们克霍族的死对头。但当时,她看见我一个人站在那里,就走过来提醒我,作为一个单身女孩,是不应该在没有男性保护的情况下贸然出现在大街上的。听到这话,我忍不住嚎啕大哭。大概是看我实在可怜,她主动带我回了家,那是一间低矮简陋的平房,但是干净整洁,东西摆得有条不紊——正如我在书中读到的尤伊族的典型住宅。我别无选择,只得把自己的遭遇一股脑儿告诉了她。我一直以为尤伊族的人没受过什么教育,只知道埋头干活,但出乎我意料的是,连她都听说过修道院的事。她借给我自己的衣服,将我打扮成一名尤伊族女孩,然后拆掉我的发髻。除了母亲和乌奈伊,她是第一个见到我披散头发的人。她嘱咐我藏好装有首饰的小包,保险起见,她让我贴身收着最为珍贵的一枚戒指。当我掏出钱,想要支付食物和住宿的费用时,她却勃然大怒。第二天一早,我由她哥哥领着出了城。一路畅通无阻,异常顺利——可也是,谁会盘问一个不起眼的尤伊族女孩呢?

　　后来,我就这样一个人继续往前赶路,偶尔能碰上农民的驴车或是某个贸易商队捎带我一段,但大部分时间都无依无靠。我从来没走过这么远的路,脚底板磨出了水泡,皮肤也变得粗糙。抵达下一座城市后,我找到一家专门收容尤伊族农民的庇护所,好好休息了几天,靠救济食物填饱肚子。但没过几天我就遭到了抢劫,唯一值钱的东西只剩下贴身保管的那枚戒指。我好容易捱到港口,花了好久才找到一艘愿意载我驶往门诺斯岛的帆船。我很清楚,作为交换的戒指肯定不足以折抵船费,要不是看在修道院会给予补偿的份上,他们早在半途中把我扔下海了。还好,嬷嬷慷慨地支付了一大笔钱。"

"你不饿吗?不感到害怕吗?"

洁的手颤抖起来,但还是勉强捏住针穿过床单说:"我一直都很饿,一直都觉得害怕。"

一块暗红色的血渍在洁指尖下的床单上晕染开来。可那并不是她刚刚织补过的地方,我不由倒抽一口凉气,这才发现,洁的左手掌正一下一下机械地扎向针尖。我紧紧攥住她的手腕,洁仿佛一头受伤的幼兽发出低沉的呻吟。

"你大概也猜到了吧,玛蕾丝。她已经死了。母亲死了!父亲是不会让她活下去的。"

第8章 月亮舞

春之星苏醒后的第二次满月象征着月亮舞之夜的到来。这是修道院最隆重的仪式。借着月亮舞的契机，我们得以造访创世女神的私人领地，而她将以全部的三面化身示人：圣洁处女、发愿修女和玄幻魔女。嬷嬷总会在仪式前一晚郑重地告诉大家，我们通过月亮舞向创世女神致以最虔诚的崇拜，祈祷这个世界的丰收和安宁，对生死之间不可逾越的鸿沟表示敬畏。

我们褪去衣服，全身赤裸地站在海滩上。这是一个晴朗无云的夜晚，月亮在星星的簇拥下静静俯视着我们。月亮、潮汐和经血的主宰；月亮，植物蔓生的力量之源；月亮，时间的度量衡、死亡的标志；月亮，女性的化身与倒影；月亮，倾听悲伤、分享快乐的创世女神。

修女和初学修女分别站成一排，嬷嬷缓步走向最前方的首领位置，然后开始歌唱。那是一曲没有歌词的旋律，悠扬而婉转地回荡在修道院的每个角落。我们踩着节拍，沿着海滩走向构成海湾南部边界的海岬。嬷嬷率先步入海岬前的圣女舞境。那是一片由大小相当的鹅卵石排布成的天然迷宫，终年不变，但我们只有在每年的月亮舞之际才会涉足此处。

我们将火炬插在圣女舞境周围的沙地中，跃动的火苗将黑暗衬托得更加深邃。我仰头望向夜空，月亮似乎更加迫近，一如嬷嬷越发细腻的歌声。夜凉如水，石头的寒意从脚底板丝丝渗透上来，然而我并不觉得冷，嬷嬷的嗓音仿佛暖湿的蒸汽团团包裹住大家。

嬷嬷是第一个进入圣女舞境起舞的人。体验迷宫的意义并不在于让人迷失自我，而是引领我们步入另一个世界。那里是创世女神的真身所在，也是生与死的交汇之处。嬷嬷高高抬起一条腿，向旁边迈出一大步，小心翼翼地避开标志迷宫走向的那些鹅卵石，因为触碰即意味着不幸。好在嬷嬷已经有多年月亮舞的经验，她轻盈而娴熟地步入迷宫中央，踮起脚尖开始缓缓旋转起来，嘴里哼唱的旋律也渐渐被赋予了歌词，那是围绕创世女神所展开的华丽辞藻，关于赞颂和崇拜，关于恐惧和颤栗，关于预言和现实。有些词汇太过古老和艰深，我只能隐约捕捉到歌词的关键：危机、鲜血、越发迫近的阴影。

修女和初学修女们一个个步入迷宫，随着嬷嬷的歌声翩然起舞。每个人都踏着不一样的舞步，同时嘴里呢喃着各种旋律的声音。听觉和视觉的效果突然无限膨胀开来，在一片嘈杂和喧闹之中，只有嬷嬷的声音依然通透空灵。

轮到洁的时候，她有些犹豫地迈出脚步，然而在月亮的召唤下，她不可抗拒地接近迷宫，唇齿间溢出属于自己的歌声。月亮的光晕和火炬的烈焰同时反射在她瀑布般浅色的头发上，幻化出银色和金色相互交织的惊人效果。她的身体如此纤细，几乎透明的白色肌肤下，密布的红色的血管形成灼烧般的强烈反差。在脚尖触碰到迷宫区域的那一刻，她自然而然地舒展开双臂，身体随之旋转起来。起初不免带有试探的意味，但紧接着越来越狂野，连带着声音也颤动不已。在令人晕眩的旋转之下，她是如何避让开脚边那些鹅卵石的呢？作为唯一一个未曾起舞的初学修女，我几乎想要冲上前阻止洁旋转下去。然而嬷嬷的歌声仍在继续，随着其他人舞步的停歇和歌声的止息，洁透着喘息的呢喃声占据了整个迷宫，久久萦绕。她就这样一圈圈旋转着，任凭长发一下下鞭打在脸上，整个人变成一团模糊的幻影。在抵达迷宫中心的那一瞬间，她不可思议地加快了频率，几近疯狂地打着旋儿。沙粒在她脚边飞扬起来，火炬的烈焰已经在跃动中失去了方向，月光温柔地笼罩住她浅色的长发。嬷嬷的声音越发高亢，直到洁旋转着舞出迷宫。

她自始至终没有触碰到一颗鹅卵石。

最后轮到我了。在踏出第一个舞步时，我的声音已经不受控制地涌出喉咙。我能感到耳畔嗡嗡作响，却浑然不知那是自己在歌唱。火炬的热度炙烤过我的皮肤，可我什么也看不见，我的视野已经完全被月亮所占据。

月亮如此之大，如此之近，仿佛伸出手就能触碰到她冰凉的脸颊。她象征着生命和死亡，她拥有至高无上的权力。我任由歌声控制住身体，在迷宫内翩然起舞。

这已经不是我第一次在迷宫内跳起月亮舞，也不是我第一次在月亮的魔力中感受到自由、狂野和力量。但这一次有所不同。月亮呈现出前所未有的庞大姿态，月光放肆而强烈地铺洒在迷宫中央，将周遭的一切弃入深不见底的黑暗。歌声主导着我的舞步，每一步都透出分外的笃定和坚决，巧妙地避开近在咫尺的每一块鹅卵石。

是什么正从迷宫中央拔地而起？在这个空气都微微颤抖的月圆之夜，是什么正一点一点勾勒出清晰的轮廓？

那是一扇门，一扇又高又窄的门，在月光笼罩下发出清冷的银光。

门虽然紧闭，但我能感觉到另一边等待着我的沉重黑暗。那是月光都无法穿透的黑暗。那是在饥荒岁月中曾出现的门，玄幻魔女守候猎物的银色大门。

恐惧猛然攫住了我，以迅猛之姿直抵我的舞步和歌喉。我试着抽回脚步，却无可奈何地一步步逼近门口。我从来没有如此近距离接触过这扇银色大门，边框已经因为年代久远而有些发黑，只有门板还闪耀如新。门把手依然是眼镜蛇的造型，嵌着一对黑色缟玛瑙做成的眼睛。熟悉的感觉越来越强烈，我不想见到这扇门，甚至不愿承认它的存在，但我的目光紧紧粘在门上，脚步僵硬地滞留在原地。门缝下刮过一阵冷风，席卷过我赤裸的大腿。那是玄幻魔女的呼吸。其中夹杂着充满金属气息的血腥味，它又一次唤醒了我关于安奈尔夭折的记忆。

我咬紧牙关，试着不再发出声音，整个身体因为抗拒跳舞而绷得僵直。我已经如此靠近银色大门，似乎已经能感觉到黑暗正在舔舐我的肌肤。有一股无形的力量正吸引着我，拉扯着我向门的那一边走去。我无从躲避，无法抗拒，无处藏身。面对死亡，谁都无能为力。

就在这时，我听见了一个声音。它从黑暗中飘然而至，而它本身即由黑暗编织而成，短促、飘渺、摄人魂魄。

玛蕾丝。我的女儿。过来，看看我的门，我的嘴。

我的脚尖已经触碰到门槛，玄幻魔女的声音尖锐地刺穿过我的身体。

这才是你的家。玄幻魔女还在继续。在恐惧的重重包围下，我突然找回了自己的声音。

"我不要！"我嘶哑着嗓子抗议道。

话音刚落，月光突然变得苍白黯淡，银色大门随之消失。"我不要！我不要！"我一遍又一遍地喊着，直到嬷嬷不顾一切闯进迷宫，伸开双臂箍紧我的身体。

之后我什么都不记得了。醒来的时候，我已经躺在迷宫外的沙滩上，火炬仍在熊熊燃烧，月亮静谧地悬挂在夜空之中。我的眼前是嬷嬷严肃而担忧的面孔。

周围的夜色越来越浓，遥不可及的某个角落里传来玄幻魔女的声音，那是一种没有语言的、混沌不清的沉吟。

第9章 月亮阁

我没有参加仪式后在月亮花园举办的盛宴，而是躺在房间里，试图靠睡眠忘掉刚才的所见所闻。及至黎明时分我才沉沉睡去，欧修女将我唤醒时，已经是晚餐时分。

"嬷嬷想找你谈谈。你觉得自己还撑得住吗？"

欧修女递来一块面包，嘱咐我吃了下去，然后注视着我一件一件穿好衣服。我不想见嬷嬷，我根本不愿回答任何问题。确切地说，是不愿回忆之前发生的一切。但我无法拒绝嬷嬷的召唤，只得跟着欧修女穿过内花园，一步一步走上月亮台阶。我从来没有觉得时间会像今天这样漫长。夕阳的余晖染红了万里无云的天空，圣殿花园中传来初学修女嬉闹的笑声，远处的山坡上，几头刚出生的小羊羔正在踉踉跄跄地学习走路。玄幻魔女冰冷的气息隐约在周围浮动，每一声窸窣的动静都仿佛她的低吟。我紧紧靠在欧修女身边，唯恐一旦落单，就被玄幻魔女摄走了魂魄。

但这样的抵抗是毫无意义的，玄幻魔女想要的东西，最终一定会得到。

月亮阁是一座灰灰矮矮的房子。和门诺斯岛上其他建筑一样，月亮阁完全是石头结构。它紧挨着月亮花园依山而建，曾经锃亮平滑的金属大门如今已经凹凸不平，承载着多次遭受冲击和损毁的历史。刚刚进入修道院时，我曾因为拜见嬷嬷而来过这里，那也是我唯一一次穿过这扇大门进入月亮阁。

嬷嬷坐在宽大的书桌后等待着我的到来。由于一侧墙面由山坡自然形成，她的房间因此格外凉爽。除了装有铁把手的沉重木门外，房间内还开有一扇通往卧室的小门。透过门缝可以窥见嬷嬷卧室的简单陈设：一张狭窄却舒适的单人床、一张摆有阅读灯的床头柜，以及一扇精致的透气窗。

嬷嬷神色平静，没有一丝异样的表情，但从一双浅色的瞳孔中，我能察觉到她隐约流露出的不安。我几乎是下意识地躲闪开她投来的目光，生怕被她看透内心的真实想法。欧修女站在我身旁，一反常态地紧抿嘴唇，努力保持端立姿态，透出一股说不出的紧张。

"玛蕾丝，昨晚究竟发生了什么？"嬷嬷以命令的口吻问道。她需要一个诚实的答案。

我低下头盯着地板。我没法对嬷嬷说谎，只有保持沉默。

"那不过是月亮，对吗？"嬷嬷的声音变得柔和许多，"她有时的确会变得可怕，这我完全理解。她第一次和我说话的时候，我也很害怕，害怕承担责任。我知道，是她选择你做我的门徒。在成为掌管修道院的嬷嬷之前，我也曾受到过月亮的召唤。玛蕾丝，或许你心里有别的打算，但是既然月亮选择了你，你就必须成为月亮阁的初学修女。"

我抬起头。嬷嬷显然没有看见那扇银色大门，也没有听见玄幻魔女的声音。我不知道该如何回答。能够成为月亮阁的初学修女可谓是巨大的荣耀，但嬷嬷完全误会了当时的情形。和我说话的并非月亮，而是玄幻魔女。难道月亮和玄幻魔女根本就是同一个人？我偷偷瞥了眼旁边的欧修女，想问又不敢问。

最后,还是嬷嬷的眼神逼着我开了口。

"创世女神……她有三个化身,对吧?圣洁处女、发愿修女和玄幻魔女。"看见嬷嬷点了点头,一脸鼓励的表情,我于是鼓足勇气坦诚心中的困惑:"那月亮呢,她也是化身之一吗?"

欧修女叹了口气。"玛蕾丝,我不是已经解释过了吗……"嬷嬷扬起手打断了她。

"不,玛蕾丝。月亮是三者的合体,它代表了创世女神的全部化身。"

"这样说来,我并没有受到月亮的召唤,"我坦率地承认,"事实不是你们想的那样。"

嬷嬷的表情变得复杂起来,我猜不透她的眼神究竟是失望还是惊讶。

"你能肯定?"

我用力点点头。

"那你能告诉我,月亮舞的时候究竟发生了什么吗?"

我摇摇头。这是属于我自己的秘密,我这辈子都不想再回忆起那一幕。

嬷嬷轻声示意我们可以离开。欧修女紧紧跟在我身后,焦灼的眼神热辣辣地炙烤着我的脊背。对于我给出的回答,嬷嬷或许勉强满意,但欧修女绝对不会被这么糊弄过去。

来到内花园后,我将面孔转向太阳。太阳,无私的给予者,但愿她的光明和温暖能够驱散我心中的阴霾。我始终不敢面对欧修女质疑的目光,但她一直环抱着手臂站在一旁,让我无从回避。

"玛蕾丝,如果你原原本本告诉我昨晚发生的一切,我或许可以帮助你。"欧修女伸出手,轻柔地抚摸过我的头纱。"无论你想知道什么,或是对什么产生疑问,任何时候都可以来找我……"

我又一次摇了摇头,紧紧抿住嘴唇。欧修女长久地凝视着我,深深叹了口气。

"算了。但你要知道,无论何时何地,我都愿意回答你的任何问题。"

我目送着她走上通往圣殿花园的台阶。这是第一次,欧修女如此迫切地渴望我敞开心扉。

接下来的一段日子我过得异常艰难。我既不想,也不能面对其他女孩好奇的询问,只好一直躲着大家。由于惧怕黑暗,我都尽可能多地让自己沐浴在阳光之中。凡是出现任何的阴影或树荫,我都会立刻联想到那扇象征死亡的银色大门。我整个人因此变得忧郁而敏感,周围的一切似乎都黯淡下来,而风的呼啸或海的呜咽,听来都像是玄幻魔女的声声召唤。

与此同时,我的怯懦和退缩却让洁变得勇敢和积极起来。她一改从前的寡言少语,开始同我和恩妮可以外的其他女孩攀谈聊天。或许正是因为我的软弱,她才必须变得坚强?至少在这段非常时期,她可以成为我的依靠。洁从没问过我什么,只是以她的方式默默帮助我。黎明时分,太阳还徘徊在海平线附近,房屋的暗影如刀锋般锐利,玄幻魔女的低吟总会在我脑海中回荡。在见到我的苍白和颤栗后,洁会立刻将我拉到屋外的明亮处,用沉静而温暖的声音在我耳畔不断说着安慰的话语。

夜晚总是最难熬的。黑暗仿佛巨大的石块,沉甸甸地压住我的胸口。闭上眼睛，周围充斥的都是安奈尔最后的虚弱呼吸。当死亡近在咫尺时，我能感觉心跳的凌乱和无力。我该如何对抗玄幻魔女的意志？如何远离她的死亡之门？

夜深人静时，每当我的呼吸变得急促，脸颊泛起潮热时，都会有一只手从黑暗中摸索过来。那是洁的手。她只是静静等待着，她知道我在需要时会主动握住她的手。我总是紧紧握住她的手，用拇指抵住她的手腕，感受她规律而有力的脉搏，渐渐和我的心跳融为一体。

只有握着洁的手，我才能安然入睡。

第 10 章　玫瑰的门徒

持续的艳阳终于驱散开我心中的阴霾。我的脑海里不再产生玄幻魔女的幻听，呼吸和心跳也恢复正常。我像从前那样，按时上课，认真干活，和其他初学修女说说笑笑，到了晚上就躲在藏宝阁里阅读。唯一令我感到不适的是知识圣殿走廊里的地库大门。仿佛一打开门，玄幻魔女的力量就会奔涌而出。于是我总是从门前飞奔而过。月亮舞之后，我已经不愿独自面对空荡荡的知识圣殿，因此对于洁寸步不离的陪伴，我由衷地感到庆幸。

这天早晨下课后，恩妮可、洁和我围坐在内花园的水井边，玫瑰的守护修女恰好经过这里，停下脚步冲我们微微一笑。她的出现总让我有种手足无措的尴尬感。玫瑰的守护者是唯一一名不需要佩戴头纱的修女，她一头浓密的铜棕色鬈发在阳光下熠熠闪光，白皙的皮肤因为阳光的暴晒而布满雀斑，一双深色的眼睛溢满温暖。她是我见过的最美丽的女性。

一旦成为玫瑰的守护者，即意味着放弃原来的姓名。因此，我们只能以玫瑰称呼她。玫瑰也是圣洁处女的别称，作为创世女神的三个化身之一，玫瑰掌管着生命起源和女性身体的知识。在许多社会中，圣洁处女只是单纯指代那些未经男性"玷污"的女性，然而修道院对她的定义则更加宽泛。圣洁处女同样象征着隐秘而奥妙的女性器官。

她可以是种子，也可以是幼苗。而发愿修女代表着旺盛的生命力和丰硕的果实，玄幻魔女则主导死亡和毁灭。

正当我陷入沉思之际，玫瑰笑盈盈地走到我们面前。

"你们都知道，我还没有召唤任何一名初学修女做门徒，所以经常忙不过来。夏季的一系列祭拜仪式开始前，我必须将玫瑰堂内的圣物擦拭干净。不知道你们愿不愿意帮帮忙？"

"当然。"恩妮可立刻站了起来。面对玫瑰时，她似乎并不像我那么害羞。洁和我于是也站起身，跟着玫瑰和恩妮可沿着日暮台阶走向玫瑰堂。

玫瑰堂的门是整座门诺斯岛上最漂亮的一扇门。它有三个人那么高，雪白色大理石门板的中央，镶嵌了一朵红色大理石雕成的玫瑰花。我忍不住伸出指尖，在光滑的大理石表面摩挲游走，硕大的门板上居然没有一丝拼接的痕迹。

"如今再没有人能做出如此巧夺天工的艺术品了。"玫瑰感叹。

"真希望有哪位修女能钻研出其中的手艺，然后代代相传下去。"我一边憧憬，一边恋恋不舍地收回手指。玫瑰笑了。

"欧修女和我提到过你，玛蕾丝。看来她的确没看错。"

我的脸刷地一下红到耳朵根，不知该如何应答。我吃不透玫瑰这话的意思，但听起来倒也不像是责备。

玫瑰掏出钥匙开了门，昏暗的玫瑰堂赫然呈现在我们眼前。

如果没记错的话，我应该就在感恩弥撒和唱诗仪式的时候来过这里。眼前的玫瑰堂冷清而静谧。阳光穿透过东西向的两扇巨幅玫瑰花窗，在大理石地板上投射出血红色的玫瑰图案，更衬出大厅正中的两排细长立柱影影绰绰。玫瑰堂素净得几乎空旷，没有桌椅板凳，没有装饰摆设。除了玫瑰花窗之外的唯一亮点，大概就是红白色交织的大理石地板，利用大理石纹路拼凑出的花卉，藤条和叶片错落分布，构成一幅诡异的图形。倘若我一直这么盯着，或许能解读出其中隐藏的神秘符号。但是现在，我对此仍然一无所知。

玫瑰来到圣坛前，稍稍停顿片刻，然后顺着宽阔的大理石台阶拾级而上，招手示意我们跟过来。我们脚步声在空荡的大厅内激起阵阵回响，隐隐透出某种擅闯入内的冒失。就在我抬起脚迈上第一层台阶的时候，一只无形的手突然拉扯住我的背部，令我动弹不得。我向旁边瞥了一眼，洁陷入了和我一样的困境。只有恩妮可完全不受影响，一步一步向台阶顶端走去。玫瑰转过身望着我们，目光长久地停留在恩妮可身上，然后优雅地伸出手来。

"我在此虔诚地提出请求，请允许创世女神的女儿们踏上玫瑰堂神圣的领地。"她的态度一如主持血祭祀和玫瑰节那般郑重。无形的手撤去了拉扯，我和洁得以顺利走上台阶。

玫瑰打开圣坛后一扇玫瑰木雕刻的小门，带领我们走进一间堆满器物的储藏室。

房间本身并不敞亮，只有朝北的一扇狭长窗户能透进些日光。那些日光铺洒在数百件锃亮的器物表面，瞬间折射出一束束强光，晃得我几乎睁不开眼。房间里零散地竖着好几只黄铜和白银打造的一人高的烛台；正中摆着一张桌子，上面摆满了各式造型的碗碟杯盘，都是纯金或纯银的质地，印着一只五瓣玫瑰造型的徽标；角落里放着几口硕大的玫瑰木箱，看上去已经颇有年头；靠墙的地方立着一只造型古朴的橱柜，细看之下才能发现细节处繁复而华丽的浮雕和镶嵌；橱柜的一些门和抽屉保持半敞的状态，可以窥见其中满满当当的藏品：首饰、餐具、祭祀器皿，以及大量我叫不出名的装饰品。

洁和我站在门口，有些尴尬地注视着玫瑰自如地穿梭于这些家具和陈设之间，恩妮可则好奇地东张西望。玫瑰俯下身，从一口木箱中取出抹布和金属水罐。

"别担心，我们不用把这里所有的东西都擦洗一遍，"玫瑰自顾自地笑了起来，"只挑夏季祭拜仪式中需要用到的那些就行。比如大铜梳，玫瑰香炉，三球碗，银质烛台，等等。我来帮你们找出来。"

就在她说话的时候，一片阴影悄然无息地笼罩过房间，将我团团包围。黑暗变得越发黏稠，挟裹着一种令人窒息的力量。我僵在原地，下意识地挥动双手试图对抗玄幻魔女，试图驱赶即将降临的死亡。不！我还没有准备好面对死亡！我想要呐喊出声，却发不出一个音。

玫瑰直起腰，转过身来，一眼就看见了恩妮可。玫瑰一脸讶异，失神将手中的水罐打翻在地。金属和大理石撞击发出的铮铮回响震碎了阴影，玄幻魔女应声消失。我双膝一软，整个人歪坐在一旁的木箱上。洁敏锐地意识到有什么不对劲，赶紧跑过来陪在我身边，我的心情这才平复下来。

恩妮可站在桌边，一脸无辜。她的手里握着一柄墨绿色的铜质梳子，面前摆放着玫瑰列出的所有祭祀器皿：玫瑰香炉、三球碗、银质烛台。

"我就是想帮点忙而已，"恩妮可急忙辩解，"对不起，对不起，我不该这么擅作主张。"

"你是怎么知道这些东西都放在哪里的？"玫瑰上前一步，仔细打量铺陈在恩妮可面前的器物。她拿起一只三球碗，用指尖轻轻叩击碗沿，仿佛在鉴定它的真伪。

恩妮可忐忑不安地看看周围，说道："我——我好像自然就知道。您提到的每一件东西，我都能立刻看到它的位置，根本不需要去找。"

玫瑰的脸上绽放出一个明媚的笑容，眼角泛着晶莹的泪水。

"我终于等到这一天了！我知道圣洁处女会给我暗示，但怎么都猜不出这暗示的方式。"玫瑰轻轻摇了摇头，一头卷发在阳光下跃动出耀眼的光泽。"创世女神的安排太有戏剧性了。"

看着我们三个一脸疑惑的表情，玫瑰笑着解释道："圣洁处女是玫瑰的主导神，也是创世女神的第一化身。她在冥冥之中早已决定了作为门徒的初学修女人选，只不过在适当的时候才以巧妙的方式暗示出来。我相信，创世女神的另两面化身同样见证了这一历史性时刻。"

"门徒？初学修女？"恩妮可不可置信地问，"是我吗？"

"是你。"玫瑰带着温柔的笑容走到她面前，将大铜梳放在一旁，然后紧紧握住她的双手。"你将成为玫瑰的门徒，感觉到了吗？"玫瑰松开恩妮可的手，面色突然凝重起来。

"那么请你告诉我，血祭祀时用来打鸣的血钟放在哪里？"

恩妮可毫不犹豫地指向橱柜下部一只不起眼的小抽屉。

"圣洁处女的能量在什么时候达到峰值？"

"春季，就在春之星刚刚苏醒的时候。"这是欧修女曾经教过的知识，恩妮可能回答出来并不奇怪。但她接下来的话着实令我大吃一惊。"每到冬至，创世女神进入睡眠之际，圣洁处女的能量也会骤增。此外，婴儿诞生，土地开垦，少女初潮，这些都会强化她的能量。"

玫瑰赞许地点点头。"圣洁处女藏有几个秘密？"

"九个。"

"现在，小声告诉我她的秘密名称。"

恩妮可无比虔诚地走近玫瑰，在她耳边小声说出答案。玫瑰的脸上重新浮现出笑容，她又一次握住恩妮可的双手。

"你还在犹豫吗？"

恩妮可坚定地摇了摇头，但她的目光旋即黯淡下去。"但是，成为玫瑰的门徒必须具备美丽的容貌，"她的声音越来越轻，"玫瑰堂的规矩历来如此。可我……我满身都是伤痕。"

"恩妮可，我的女儿，圣洁处女同样体会过痛苦和恐惧，"玫瑰温柔地说，"那些伤痕丝毫无损于你的美丽。"

阳光透过窗户斜斜地投射在她们身上，我这才发现，玫瑰和恩妮可是如此相似：同样浓密的长卷发，同样温暖明亮的眼睛，更重要的是，同样坚定而虔诚的神情。

"你很美，恩妮可，"我由衷地感叹道，"霜冻来临之前，你会更加美丽的。"

后半句话几乎脱口而出，连我自己都很吃惊。玫瑰向我投来意味深长的一瞥，然后她笑了，那笑容里满是忧愁和哀伤。

"你还是来了，玄幻魔女。"

第 11 章　三桅帆船

在玫瑰选定恩妮可作为门徒的次日黎明，晨曦仍然稀薄浅淡，暗夜的阴影还笼罩着修道院，我们却在一阵尖锐的血钟声中惊醒过来。所有初学修女困惑地从床上坐起来，我迅速跑进内屋，将穿着睡袍，披散着头发的幼龄初学修女们赶出房间。从日暮台阶一路赶来的修女们早已等候在内花园，她们个个衣衫不整，面色凝重。或拉住初学修女的手，或一把抱起尚且年幼的女孩，连拖带拽地向黎明台阶飞奔过去。我们赤裸着双脚踩过花园内一枚枚冰凉的鹅卵石，攀上一层层粗粝的台阶，耳畔还回荡着沉重却急促的血钟声。我几乎来不及去想，敲响血钟的人究竟是谁。

来到黎明台阶的尽头，一阵清新的晨风从海面上吹拂而过，掀起我们蓬松的睡袍，打乱我们四散的头发。天空灰蓝一片，一朵云都没有。不远处传来呼喊声，有人在对着什么指指戳戳。我转过身，向海面望过去。

一艘三桅帆船正从利齿峰附近向这里驶来。几面白色风帆迎风招展，显得异常饱满，尖尖的船头劈开水面，在船身两侧激起翻卷的浪花。

血钟声戛然而止。

我的心里咯噔一下，第一反应是必须阻止洁目睹这一切。我在黎明台阶上挤挤挨挨的白色身影中努力寻找着，终于在尤伊姆和朵耶中间瞥见她熟悉的金发。

"洁！"我高喊，"洁！"

我不知道她听见没有，因为就在那时，尤伊姆发现了帆船，赶忙招呼大家围观。洁顺着她手指的方向望过去，怔怔地站在原地。

"我们完了。"她的声音虚弱得几乎颤抖，但我还是清清楚楚地听见每一个字。"我们所有人都完了。"

洁一个趔趄。

"她昏过去了！快扶住她！"

欧修女一个箭步冲上去，赶在洁倒地前托住她的身体，然后将洁扛在肩上，三步并作两步冲上台阶顶端。有那么短暂的瞬间，四周一片骚动。大家忧心忡忡地望着海面，完全乱了方寸。

"赶快跟上！"那是嬷嬷的声音。她身穿睡袍站在台阶顶端，一头灰色长发仿佛倾泻而下的银色瀑布。"我们已经不剩多少时间了。"

听到嬷嬷的指令，大家立刻振作精神，以最快的速度冲向炉灶房。厄尔斯修女用背部抵住大门，向嬷嬷低声交代：

"东西应该都准备齐了。其中一部分已经好久没用了，我怎么都想不到……"

嬷嬷安慰性地拍了拍她的肩膀，然后迅速走进大厅。

尤伊姆灵活地穿过人群，跪坐在炉灶边，娴熟地生起一堆旺旺的炉火。修女和初学修女相互间隔着围坐在餐桌旁，不知是谁打开了所有的窗户。随着海面的晨雾一点一点散去，利齿峰的轮廓也越发清晰起来。帆船逼近最近的一颗利齿时，太阳已经完全跃升出海平线，尽情地挥洒下第一道光线，将帆船表面映照出明晃晃一片。我虽然无法分辨船员的数量和相貌,却很清楚那明晃晃的究竟是什么。

武器,明晃晃的武器。

在此之前,我从来没有和修女们一起进入炉灶房的经历。玛瑞安修女本来坐在我身边,此刻突然站起来让出位置,帮着欧修女将洁搀扶坐好。洁已经恢复意识,但脸色异常苍白,一副随时可能昏倒的架势。我可以看出她在强作镇定,就像老鼠在面对一只饥饿凶狠的大猫时,抵抗已经失去意义,唯有指望大猫突然失去兴趣,手下留情。

厄尔斯修女、尤伊姆和西西尔端着黄铜盘子,从厨房一路小跑出来。盘子里放着深绿色的叶片,饱满的杏仁和腌渍的玫瑰花瓣。

"吃吧,"她们将盘子递到我们中间,用不容置疑的口吻命令道,"每人一份。吃吧。赶紧吃掉。"

我伸出手拿走属于自己的那份。看着洁丝毫没有领取食物的意思,我只好替她也拿了一份。我将杏仁塞进她嘴里,自己也吃了一颗。杏仁有种咸咸的泥土味道,相当涩嘴。而腌渍的玫瑰花瓣则酸酸甜甜的,颇为爽口。

嬷嬷迈着沉稳的步伐走到餐桌前,海风猛烈地刮进窗户,将她的头发吹得凌乱不堪。嬷嬷的手里托着一只金色的酒瓶。

"吃吧,我的女儿们。多吃点东西,多喝点水,"她一字一句地说,"吃饱喝足后,你们需要打理自己的头发。梳理整齐,编成辫子,扎牢绑紧,一根头发都不许支棱出来。"

我捏起两片深绿色的叶子,喂洁吃了一片,另一片塞进自己嘴里咀嚼起来。生涩的苦味从舌尖直抵心脏,继而蔓延到整个下半身。那是悲伤和月光的味道。

一阵阴风悄然掠过地板,冷飕飕地包裹住我的小腿。我顿时像被石化了一样僵在那里。

那是玄幻魔女的呼吸。她又一次卷土重来。我的周围异常安静,除了屋外的飒飒风声,就只有大家吞咽和咀嚼的响动。那艘三桅帆船上的嗡嗡声该不是玄幻魔女的自言自语吧?是她在呼唤我的名字吗?嚼碎的树叶滞留在我的嘴里,我甚至不敢吞咽下去,生怕任何轻微的动作都会暴露目标。

嬷嬷已经走到我身边。她将酒瓶凑到我的脸旁,示意我张开嘴。我稍稍仰起头,红色的葡萄酒将嚼碎的树叶冲进食道,也冲开了渐渐淤积的恐惧。葡萄酒厚重黏稠,透着蜂蜜般的甜腻,却也有着血般的咸腥。

饮食完毕,所有的修女和初学修女都投入到打理头发的忙碌工作中:将一绺绺头发分股,绞缠,编织,束紧。罗伊妮修女和纽梅尔修女不断穿梭其间,负责分派绑扎头发的丝带。我几乎无法保持平静。红酒唤醒了我一度麻痹的神经,现在我只想要逃离。逃离陌生帆船,逃离玄幻魔女,找一个谁都不知道的地方躲起来。我颤抖着双手,勉强才将头发拢在一起。

好在编织的动作让我重新平静下来。自从来到修道院后,我就再也没有给自己编过辫子。但是编织的肌肉记忆还在,随着手指在发间灵活地上下翻飞,原本在我体内翻涌的躁动渐渐消失,我第一次从安宁中体会到强大和自信。

风势一点一点减弱下来。

玛瑞安修女和我开始为洁梳理头发。在我们绑好最后一条丝带后,窗外的风已经完全平息。大家围拢在窗户前,伸长脖子想要一探究竟。

海面水平如镜,不见一丝涟漪。太阳已经高高跃出海平线,却仍未攀过山顶。将修道院内高高低低的建筑投射出狭长锋利的影子。三桅帆船恰好停在利齿峰和港口中间,原本鼓胀的风帆已然瘪了下去,完全失去了全速前进的气势,它应该被迫止步于此吧?我心中不由一阵暗喜,所有的修女和初学修女都屏住呼吸,静观事态的发展。

船上突然一阵骚动。几名黑衣男子匆匆交换了位置。铺陈在船板上的锃亮武器尽数消失,取而代之的是船身两侧探出的扁长形木条。

船桨!他们改用划桨的方式继续前进!

"去玫瑰堂!"嬷嬷一声令下。她的嗓音颤抖而嘶哑。"快!"

我们以最快的速度冲出炉灶房,不顾一切地向玫瑰堂跑去,甩起的辫子将脸颊打得生疼。我紧紧拽住洁的手,奔下黎明台阶,穿过内花园,顺着日暮台阶向上攀。帆船始终没有离开过我们的视野,虽然前进的速度放缓了不少,但它确实越来越近了。

玫瑰打开玫瑰堂的大门,大家一拥而入。玫瑰堂几乎漆黑一片,只有玫瑰色的窗玻璃渗透进来有限的些许日光。我隐约瞥见两个白色的身影快速奔上圣坛旁的台阶,消失在玫瑰木的门后。那是玫瑰和恩妮可。

我们站在立柱旁静静等待。

这里看不见大海,无从得知帆船的方位。我仍然紧紧攥住洁的手,心里有说不出的恐惧。我不知道船上的黑衣人会对洁下怎样的毒手,不敢想象我们可能的遭遇。始祖修女筑起的围墙应该足够坚实吧?但它们又能抵挡多久呢?我的嘴里仍然残留着各种味道的混杂:叶片的苦涩、玫瑰花瓣的甜腻以及杏仁的泥土气息。

没过多久,玫瑰和恩妮可从圣坛后走了出来。她们各自将一只高高的银质烛台放在地上,烛台上跃动的血红火焰瞬间照亮了玫瑰堂的大厅，随之而来的还有一簇簇晃晃悠悠的黑影。玫瑰和恩妮可转身消失在门后，再次出现时，她们的手里多了某件亮闪闪的东西。

"散开头发！"玫瑰向我们摊开手掌，尖锐的嗓音仿佛刀子般划破寂静。恩妮可紧接着厉声重复道："散开头发！"她的声音听来如此陌生，像是一把利剑直插进我的胸口。

我们这才看清，玫瑰手里拿着的，就是前一天恩妮可找到的那把大铜梳。

我们开始拆解绑在辫尾的各色丝带：深的，浅的，红色，粉的……

一阵劲风从敞开的大门中呼啸袭来。

玫瑰和恩妮可站在圣坛前，手脚麻利地拆掉所有丝带。玫瑰手持梳柄，将梳齿用力插进头发深处。

狂风咆哮着席卷过整个玫瑰堂，将玫瑰窗震得咔咔作响。玫瑰发出一声胜利的长啸，用力握紧了手中的铜梳。

"苏醒吧，风！"她高喊道，"来吧，风暴！"

她突然将铜梳抛向大厅。欧修女稳稳接住，徐徐梳过自己的头发。风越刮越猛，似乎要将玫瑰堂的屋顶掀翻过去。

在拆掉自己的最后一根丝带后，我赶忙帮洁散开头发。原本直顺的长发在她肩上蜷曲开来，翻出一朵朵微小的浪花。铜梳就这样在玫瑰堂内传递着，在大家的发丝间出没流转。玫瑰和恩妮可将手指插入自己的浓密长发，发出高亢而尖锐的笑声。当梳子传到我手中后，我先将它穿过洁的头发，然后才开始梳理自己的。

狂风放肆地撼动着玫瑰堂的一切。敞开的大理石门板被狠狠刮向墙壁，发出骇人的撞击声。修女和初学修女们纷纷背过身去，任凭披散的长发鞭子般抽打过脸颊,依然顽强地与狂风抗争到底。我松开洁,艰难地挪向门口。我必须知道发生了什么,我必须亲眼目睹一切。

呈现在我面前的是一幅全然陌生的景象。

天空乌云密布,一丝光也透不进来。狂风挟裹着刮落的树枝和叶片,一时间飞沙走石,天昏地暗。我只能依稀分辨出修女之家的轮廓,一步一挪地摸索过去。穿过圣殿花园的时候,四周仿佛伸出几只无形的大手拉扯住我的头发,继而重重横甩过来,皮鞭似的抽打着我的脸颊和眼睑,几乎令我的眼睛失明。

不知过了多久,我才捱到日暮台阶边缘。再次见到大海时,我已经吃惊得说不出话来。

海面翻涌起几层楼高的巨浪,劈头盖脸地砸向沙滩。空气中充满了泡沫和水雾。若不是修道院依山而建,所有人必然逃脱不了葬身海底的厄运。海浪将所到之处的一切摧毁殆尽,港口的船坞当然也不能幸免于难。

而那艘三桅帆船早已不见踪影。

经过整整一天一夜,这场风暴才渐渐减弱下来。我们在玫瑰堂避过最糟糕的阶段,然后才转移到修女之家。修女们将幼龄的初学修女安顿在自己的床上,其他人则守在窗前,紧张地关注海上的风暴何时退去。

傍晚时分,海面终于恢复平静,大家这才离开修女之家,沿着日暮台阶向下撤退。厄尔斯修女和自己的门徒赶紧张罗起晚餐,科特克修女则将剩余的初学修女领进浴悦堂,嘱咐我们在热水池中好好泡个澡。当大家起身离开冷水池时,纽梅尔修女早已从初学修女之家拿来干净衣物让我们换上。与此同时，其他修女们忙着勘查风暴造成的损失，或者临时进行了某些祷告仪式也未可知。恩妮可自始至终都和玫瑰守在玫瑰堂。

洁仿佛一具行尸走肉。她一言不发，只有在我的推搡或拉拽下才肯勉强挪动步伐。我只好耐心地帮她擦干头发，穿好衣服，拉住她的手顺着黎明台阶前往炉灶房吃晚餐。穿过内花园的时候，她突然停住脚步，怔怔地望向大海的方向。虽然围墙完全遮挡住了视线，但我们还是能清楚地听见海滩上尚未平息的嘈杂以及依旧刺耳的风声。

"他们没有消失。"洁喃喃自语。我只有将耳朵凑近她嘴边才能捕捉到她吐出的微弱气息。"我能感觉得到。他们就在不远处某个地方。玛蕾丝，他是不会放弃的。骄傲和荣耀是他唯一拥有的财富，离开了它们，他什么都不是。他会不惜一切代价带我回去，用尽一切手段惩罚我，折磨我。"

洁没有哭泣，没有喊叫。比起她尽情宣泄的愤怒，现在的绝望和无助更让我心碎。

"可是你看，修道院会保护你的呀，"我用柔和的语气安慰她，"只要在这里，你就不会受到伤害。现在不会，以后也不会。"

洁转过身来望着我，自从三桅帆船出现后，这还是她第一次直视我的目光。

"他从不放弃。他一定会回来的。"

第 12 章　不速之客

接下来的一整天，我们都在忙于收拾风暴遗留的残骸。屋顶上的瓦片已经支离破碎，必须重新铺砌；花园里狼藉一片，一棵树恰巧横在通往山顶的小径上，只有将其锯开并移走才能恢复畅通；巨大的石块沿山体滚落下来，造成部分围墙的严重损毁。纳尔修女来回踱着步子，为圣殿花园遭到的破坏痛心不已。玛瑞安修女忧心忡忡地紧锁眉头。我们辛苦种植的蔬菜作物也在风暴中所剩无几。

洁、恩妮可和我奉命协助薇尔克修女和露安清理海滩。港口的船坞只剩下几块断裂的木板，其余的都被尽数卷入大海。薇尔克修女四处查看，仔细记录下需要添置的材料。我们将散落在海滩上的木料和石块收集起来，筑成一道临时的堤坝以抵御无常的风浪。没过多久，我的胳膊和背部就因沉重的负荷而隐隐作痛。海风依然强劲，吹起发丝遮挡住我们的眼睛和嘴角。洁的浅色金发，恩妮可和露安的深色棕发，以及薇尔克修女的暗色黑发，都在头纱下尽情地舞动飞扬，昭示着其中蕴藏的无限能量。

恩妮可和我赤脚涉入浅滩，正将一根颇有年代的厚重木料拖拽上岸时，我的目光恰好落在洁的身上。她站在齐腰深的冰冷海水里，帮着薇尔克修女和露安一起，奋力推开一块砸中船坞的大石头。她显然拼劲了全力，一边皱紧眉头，一边发出哼哧哼哧的喘息声。好不容易挪开石块后,她不由自主地低吼一声,紧接着和露安回到水中,伸出手臂撑住另一块石头,深深埋下头,重新投入战斗。我听不清薇尔克修女和她说了些什么,只看见洁弯下腰,气喘吁吁地回答了几句。

这天,洁一改平常的小心翼翼,整个人充满了怒气。

清理工作暂告一段落,我们结伴踏上通往修道院的狭窄台阶。途中,我掏出自己在海滩边捡到的几块扁平的灰色木料,得意地向洁炫耀这珍贵的燃料。洁投去冷冷的一瞥,随即将目光转向我。

"谁都不相信我说的话。"她幽幽叹了口气,泄愤似的重重跺着脚。"你们成天担心的都是船坞、果树之类的。"她一字一顿地掷地有声,"还有你!"她突然停下脚步,猛地逼近过来,一双漆黑的眼睛透出深不见底的失望。我震慑于她突如其来的气势,不由顺着台阶倒退几步。

"你是知道的。除了你、嬷嬷,以及极个别的几位修女,其他人都不知情。你知道乌奈伊的遭遇,你知道我父亲是什么样的人。你以为他会这么轻易放过我们?你以为抓走我一个,他就能满足?他不远万里来到这里,就是为了向所有人复仇的!所有人!而你居然还在为捡到燃料沾沾自喜!"

她转过脸,三步并作两步跑上台阶。我愣在原地不知所措。她究竟想让我怎么做?只要她开口,无论提出任何要求,我都会毫不犹豫地答应她。但是面对缺乏实质内容的一味抱怨,我真的不知道该怎么办。

之后的一天也以大扫除为主。所有课程一律暂停,在完成手头任务后,我们纷纷聚在炉灶房吃饭。洁没有和我说一句话,确切地说,她是在刻意地躲避我。也就是一天之间,洁蜕变成为一个蓟花般的女孩，浑身是刺，难以靠近，攻击性极强。我甚至不知道如何评判她紧锁的眉头和断续的抽泣。风暴过去后的第二天，她就借口分派的任务不同和我疏远开来。我的心仿佛被狠狠揪住，我当然明白她的恐惧，但完全不清楚她对我的怨气从何而来。无论如何，她都没有任何理由来惩罚我啊！

一整个下午，我持续往返于山坡和炉灶房之间，将锯下的木头送往柴房堆放整齐。夜晚降临时，我已经筋疲力尽：双腿痉挛性地微微发颤，胳膊酸痛得无法动弹，整个人几乎是一步一挪地挨到了炉灶房。

炉灶房正中的长条桌边，洁正在同西西尔和尤伊姆聊天。她肯定看见了我，只不过故意别开目光而已。她们三个将脑袋贴在一起，举止亲密地嘀嘀咕咕。

我接了一杯水，装满一盘面包、奶酪和烤洋葱，向洁的方向看了看，不知该如何是好。洁依然一副视若无睹的表情，我只好拖着疲惫的步伐绕过她身边，在距离稍远的位置坐下来。她们谁都没有抬起头来，也没有任何邀请我加入谈话的表示。我不时地将目光投向窗外，假装享受独处的感觉，同时拼命咀嚼面包往肚子里咽，生怕让洁或是尤伊姆看出我的尴尬。

我以最快的速度结束用餐，起身收拾餐具时，我不甘心地再一次搜寻洁的目光。她正侧过脸去向尤伊姆说了些什么，惹得对方频频点头。走出炉灶房大门的时候，我一脸骄傲地直视前方，咬住嘴唇不让自己流露出半分落寞。洁来修道院以前，我就是独来独往的状态，现在我一个人照样也能过得很好。

当天晚上前往藏宝阁的时候，我比任何时候都渴望洁的陪伴。尽管欧修女并不在自己的房间，我还是顺利拿到钥匙，握在手里穿过圣殿花园，踏入微微昏暗的知识圣殿。大门应声打开的那一瞬间，我突然感到无边无际的恐惧。如果洁在这里该有多好！我步态僵硬地穿过走廊，地库之门越来越近。自从亲耳听见玄幻魔女的声音后，这还是我第一次独自经过这里。我像抓住救命稻草一般紧紧握住钥匙，屏住呼吸一路小跑过去。我知道，玄幻魔女就藏在那扇门背后，以凌驾一切的姿态消磨着属于她的时间。

直到藏宝阁的大门在身后关闭，我心中的一块大石头才终于落了地。空气中充满了灰尘和羊皮卷的熟悉气息，但少了洁在身边，我总感觉有些异样。不知从何时起，她已经成为我生活中不可或缺的一部分，我习惯了和她交流读书心得，倾听她翻动书页的声响，和她一起离开知识圣殿，在夜幕下走回初学修女之家。

我照例挑选了几本讲述始祖修女的书来阅读。我素来着迷于她们的经历：如何来到门诺斯岛，如何建造知识圣殿，如何依靠捕鱼和采摘野果度过创业的艰难岁月。在门诺斯岛的最初几年里，她们始终过着节衣缩食的朴素生活，直到发现并开始采集血贝壳后，修道院有了相当可观的收入，她们的日子才好过一些。

随着第一批初学修女来到门诺斯岛，关于修道院的传闻开始广泛流传，据说这里是收留被虐待和被迫害女性的避难所。每每读到这样的段落，我都会油然而生一种温暖的安全感。

夜深了，投射进窗口的光线渐渐变得稀薄而灰暗。高耸的书架静静地贴墙而立，散发出迷人的诱惑力。在始祖修女建立知识圣殿之初，藏宝阁内就是如此的光景。我不由陷入遐思：在拯救和保存知识之余，始祖修女们的想法和感受究竟如何？这么多年以来，这些知识又是如何由一代代女性传承下去的？

一片静谧之中，我突然听见知识圣殿大门开启和关闭的响动。长长的走廊里传来由远及近的脚步声，我还没来得及做出反应，图书馆的门已经嘎吱一声开了。

"你果然在。欧修女说只有在这儿才找得到你。"罗伊妮修女赫然出现在门口，双手交握在胸前。"我知道时间已经很晚了，你也辛苦了一天。可厄尔斯修女刚刚发现，一棵倒下的大树将仓库屋顶砸出一个大洞。我们必须赶紧修补，哪怕是临时补救一下也好。不然一下雨，仓库里的食物就都泡汤了。你得赶紧过去帮忙。"

"我真的很累。"我小声抗议。这话半点不假。当我在罗伊妮修女的注视下将借阅的书籍放回原位时，两条胳膊甚至哆哆嗦嗦抖个不停。罗伊妮修女发出不满的啧啧声，无奈地摇了摇头。

"我要是掌管图书馆的话，才不会允许你这么为所欲为。欧修女对你太宽容，太放纵了。她真不应该这么偏心。"

欧修女对我才没有偏心呢。我在心里默默反驳，提高嗓门问了一句："就没有其他人能帮忙修房顶吗？"

我不情愿地锁上大门，将钥匙交在罗伊妮修女摊开的手掌心里。

"玛蕾丝，你要知道，我们中的很多人为了仓库屋顶的事已经忙了很久。其他的手头都有别的任务。所以你还是赶紧去吧。我保证用不了多久，大家就能回房睡觉了。但是不管怎么说，你今天的阅读到此为止。"

修补屋顶耗费的时间远比预想中要长。忙完的时候已经接近深夜。我感到身心俱疲，在太阳穴剧烈跳动的同时，我整个人却陷入不安的亢奋之中，生出一种本能的抗拒，不愿返回初学修女之家就此睡去，而是强烈地渴望看一看海平线，尽情地做个深呼吸。趁修女们不注意的时候，我悄悄潜入黑暗之中，打开山羊门，沿着山坡向上走去。

对于坐落在修道院之上的白夫人山，我的熟悉程度可以说到了了如指掌的地步。然而现时的情形与平时迥然不同。满地都是滚落的碎石和折断的树枝，原先的小径早已不见踪影，我很快就迷失了方向。等我猛然醒悟时，自己已经向北走出太远，和玫瑰堂拉出好一段距离。我席地而坐，用衣服裹紧了身体抵挡寒意。第一颗星星在西边的夜空里骤然亮起，柔和的月色笼罩在波光粼粼的海面之上，脸颊边吹拂过阵阵凉爽的夜风。山下的修道院在夜色中睡去，只有月亮阁和欧修女的房间仍然亮着灯。门诺斯岛喃喃自语，发出轻缓的叹息，似乎在感慨一天的忙碌和辛劳。鸟儿也已经归巢，四周一片安宁和祥和。但我的内心仍然无法平静。我忍不住想起洁，回忆她上岛后与我的形影不离，终究还是无法理解为何她现在突然弃我而去。

直到泪水冰凉地滑过脸颊，我才意识到自己已经在外逗留了太久。我站起身，向记忆中小径的方向摸黑前进。山坡表面因为覆满的落叶和裸露的土层而显得格外光滑，我跟跟跄跄，跌跌撞撞，完全不清楚目前的方位。几丛灌木突然拦住去路时，我甚至有种置身异乡的错觉。

就在这时，我毫无防备地踩到了一团松松软软的东西。土地突然塌陷下去，我的脚下瞬间出现一只巨大的坑洞。说不定这是一条被风暴吹开的地道，我在慌乱中向前一扑，上半身留在外面，腰部以下则悬在洞中。

一阵窸窸窣窣的响动包裹住我。在月光的映照下，成百上千只蝴蝶从坑洞中翻飞而出。它们的翅膀格外硕大，闪耀着银灰色的光泽。蝴蝶越聚越多，还有不少从灌木丛中不断涌出。我已经忘记了自己半悬于坑洞之上的事实，完全痴迷于眼前令人炫目的奇景，莫非这是门诺斯岛向我道别晚安的方式？

随着最后一只蝴蝶翩然飞出，一个声音幽幽响起。

玛蕾丝，它呓语般地轻轻说道，**我的女儿**。

那声音来自我脚下的坑洞。她就藏身于深不见底的黑暗之中，耐心地等待着我的出现。我能感觉到脚踝周围蚀骨的寒气，她正一步步向我逼近。我拼命蹬踹双脚，厉声尖叫，想要盖过她摄人魂魄的召唤。

"不许碰我！"我高喊着，"我不是你的女儿！"

我狼狈地爬出坑洞，逃离了玄幻魔女的掌控。周围的窸窣声还在继续。起初我还以为那是更多的蝴蝶倾巢而出，定睛一看才发现，草丛里蜿蜒游动着一条条面目可憎的蛇。它们有数十条之多，嘶嘶吐着信子，陆续消失在石头或树根之下。我目瞪口呆。岛上很少有蛇类出没，而眼前的蛇数量如此之多，更是前所未闻。我不由联想起银色大门上的蛇形把手，逃离坑洞的喜悦转瞬即逝，对蛇的恐惧紧紧攫住我脆弱的心脏。直到最后一条蛇消失许久，我才敢迈开脚步，一步，又一步。我重重跺脚踩在地上，想要吓走早已不知所踪的蛇，以及化为心魔的玄幻魔女。

不知过了多久，我才重新回到熟悉的小径上。我逃也似的冲下山，找到留出一条小缝的山羊门，冲进修道院，砰的一声关得严严实实。

门肯定是关上的，这点毫无疑问，撞门时的回响仍然在我耳畔嗡嗡萦绕。至于门锁了没有，我却怎么都想不起来了。

我累坏了，一想到玄幻魔女就瑟瑟发抖，恨不得立刻躺回床上，用被子将自己捂得暖暖和和。我的两条腿不住地哆嗦，手臂酸麻到极点。我一向都会记得锁门，但这一天过得实在太过混乱，我对自己的行为已经完全失去了掌控力。

我蹑手蹑脚地上了床,在黑夜中静静聆听其他女孩的呼吸声,内心无比失落:洁再也不会像从前那样悄悄握住我的手。沉重的倦意排山倒海般袭来,我很快坠入酣眠的无底深渊,直到一阵嘈杂的声响骤然闯入梦乡,我才挣扎着清醒过来。

距离天亮还有好一段时间,窗外已经响起叽叽喳喳的鸟鸣。

洁早已从床上坐起来,她绷直了身体,双手紧紧攥住被角,瞪圆了眼睛直勾勾地盯着窗外。

鸟儿扇动着翅膀发出扑簌扑簌的动静,其间夹杂着撞击窗玻璃的沉闷声响。紧接着又是一阵叽叽喳喳的鸣叫,比之前更加急切。

圣鸟扯开嗓门凄厉地嘶叫着,我还没反应过来,朵耶已经一个箭步冲了过去,砰地一下推开窗户。

眼前迅速掠过一个黑影。那是修道院的象征——水雉。它在屋内低低盘旋了一周,发出绵长而尖锐的哀号。女孩们纷纷惊醒过来,睡眼惺忪地东张西望。洁完全无视水雉的打扰,目光坚定地投向窗外。

"那些鸟儿……"她压低嗓门喃喃自语,"鸟儿正在向我们发出警告。"

恩妮可也醒了,听见洁这样说,她面色凝重地一言不发。

朵耶的圣鸟烦躁地叫个不停。

"现在正是产卵的季节,"朵耶解释道,"水雉都要飞去山的另一边产卵。"说到这里,她向我使了个眼色。

"东面海湾的隐蔽性比较好。"我补充道。

"他们就是从那里上岸的。"洁继续喃喃自语。

"他们又不熟悉地形,况且现在漆黑一片,要找到这里还不知道要花多长时间呢。"朵耶吹了声口哨,水雉一个俯冲落在她的手背上,驯服地接受朵耶摩挲过羽毛,惹得一旁的圣鸟怒目而视。接着,朵耶扬起手,将水雉放出窗口,继而重新关上窗户。我坐起身,两腿自然地垂下床沿。

就在双脚触碰到地板的那一瞬间,我突然感觉到玄幻魔女的迫近。她的饥饿,她的黑暗,都如潮水般汹涌而至。地库之门虽然尚未开启,但玄幻魔女黏滞的气息已经铺天盖地地蔓延开来。我的呼吸越来越急促。

"他们就在附近。很可能已经翻过山头。"

洁、朵耶、恩妮可和我面面相觑,试图从旁人的反应中判断下一步的行动。

洁率先打破沉默,将毛毯掀到一旁,跳下床:"我去通知纽梅尔修女。"

"我去找嬷嬷。"话音刚落,朵耶已经消失在门外。

恩妮可则忙着——叫醒那些仍在熟睡的初学修女。

我呆呆地坐在床边。三桅帆船,黑衣男子,明晃晃的武器……这些都不足以令我恐惧。但只要一想到玄幻魔女的声音,我的心脏就开始狂跳不已,四肢僵硬得无法动弹。我微微张开臂弯,仿佛又一次感知到安奈尔身体的重量。我尽了全力要保护她,将自己的食物塞在她嘴里。但她从出生起就一直体弱多病,最后完全失去了吞咽的力气。在最后的时刻里,安奈尔浑身滚烫,在玄幻魔女的声声召唤下弃我而去。

纽梅尔修女赶到时,我仍然一动不动地保持静坐的姿势。

"你们怎么能这么肯定?"纽梅尔修女质问身后的洁,"一只水雉说明不了问题。"她环视四周,初学修女在懵懵懂懂中透出慌张和恐惧。

"玛蕾丝,"纽梅尔修女向我投来凌厉的目光,"虽然我负责照顾这些女孩的生活,但严格说起来,她们都更听你的话。所以,你不应该滥用大家对你的信任制造恐慌。特别是幼龄的那些,还不知道要吓到什么程度。"

幼龄的初学修女!得赶紧把她们喊起来才行。在责任感的驱使下,我整个人又振奋起来。我迅速套好衣服,不顾纽梅尔修女的阻拦,趿拉着拖鞋向屋内所有人发出命令。洁紧随其后,向我用力点点头,同时迅速掀开她们的毯子。

"赶紧起来!直接套上衣服,多穿点!动作要快!"

我紧接着冲进幼龄初学修女的房间,白色的被单中露出一个个熟睡的稚嫩面孔,希奥、伊丝米、蕾萨、希尔娜、皮奈。她们紧闭着眼睛,半张着嘴,睡得无比香甜。这时,我的耳畔突然响起洁的声音:**他不远万里来到这里,就是为了向所有人复仇的!所有人!** 玄幻魔女的气息悄然而至,似乎要将所有人吸纳进无边的黑洞。

"醒醒,醒醒!"我用尽可能柔和的声音呼唤着,生怕惊吓到她们。"赶紧起床了,穿好衣服。"

她们早已习惯服从我的指令,因此乖乖坐起身,伸出胳膊配合着穿好衣服。或许因为是半睡半醒的状态,她们完全不问原委,跟在我身后来到低龄初学修女的房间。纽梅尔修女交叉双臂抱在胸前,面露愠色。女孩们围拢在一起,看看她,再看看我,不知道该听谁的话。伊丝米被眼前的阵仗吓得哇的一声哭出来,希奥赶紧搂住她的脖子连声安慰。

"别哭,伊丝米。玛蕾丝不是在这儿嘛。她会保护我们的。"希奥的声音平静而坚定。

我不由感到内疚：或许什么事都没有，只是因为我的恐惧，害她们白白损失了宝贵的睡眠时间。

洁气喘吁吁地冲进来，拉着我就往花园里跑。纽梅尔修女不放心地跟了出来。今夜的月光格外惨淡，整个门诺斯岛被浓稠的夜色所包围，隐约能够辨认出内花园的边界。我和洁神色紧张地屏住呼吸，纽梅尔修女则隐忍着怒气默不作声。

炉灶房上访突然响起一声尖叫。那是西西尔的声音！接着传来一阵金属的碰撞声和重重的摔门声。之后又是一声尖叫，四周重新陷入寂静。

"山羊门，"纽梅尔修女的声音有些颤抖，"他们从山羊门进来了。"

"炉灶房！"这几个字几乎脱口而出。我第一个念头是，西西尔、尤伊姆和厄尔斯修女都在那里过夜。

月亮台阶下匆忙闪过两个白色的人影——嬷嬷和朵耶。圣鸟扑棱着翅膀，紧紧跟在她们身后。

"去圣殿花园！"嬷嬷朗声发出命令，脚步没有片刻的暂停。"他们已经包围了修道院。我在月亮花园看得清清楚楚：有几个就守在大门外防止我们逃跑。他们进不了大门，所以肯定是从山羊门进来的。"

没等她说完，我和洁已经奔回初学修女之家。

"赶紧走！他们来了。立刻前往圣殿花园，快！"

我将最小的蕾萨扛在背上，一手拽住希奥，朝着日暮台阶跑去。洁拉着伊丝米和皮奈紧紧跟上，恩妮可则负责希尔娜。我听见身后传来纷杂而仓促的脚步声，纽梅尔修女站在一旁，迅速清点着撤退的人数。

日暮台阶从来没有像今夜这样漫长。蕾萨用手臂紧紧箍住我的脖子,几乎让我喘不过气来。为了照顾希奥,我必须不断地调整步幅,加上天色又黑,完全看不清脚下的路况,我一路跌跌撞撞才爬完台阶。

嬷嬷和修女们已经等候在圣殿花园。

"我不能容许这种事情发生,"我听见嬷嬷对玫瑰耳语,"绝不。"

"他们终究还是会这么做的。"玫瑰叹了口气。她的姿态格外笔挺,脸色异常苍白。"您也知道,这种状况下,我恐怕没法保护其他的女孩。"她的目光掠过我,游移到那些幼龄初学修女身上,最后停留在嬷嬷脸上。

"欧斯特拉。"嬷嬷的语气透出恳求,声音越来越轻。

"我已经不再是欧斯特拉。我是玫瑰的守护修女,圣洁处女的化身。这是我毕生的使命。"

"我们必须封锁台阶。"欧修女斩钉截铁地宣布。"听,他们已经占领了内花园。正在搜查初学修女之家和浴悦堂。"

"没用的,"罗伊妮修女绝望地说,"我们肯定来不及。"

"哪怕只有一丝希望,我们也不能放弃,"嬷嬷转过脸望着我,"玛蕾丝,你还记得我交代过的话吗?现在,把这些小女孩带去知识圣殿,打开地库大门,躲进去。那是整座岛上最安全的地方。但愿他们不会那么快发现那扇门。尽一切可能拖延,阻挡。你和洁一起。创世女神会保佑你们的。"然后,嬷嬷望着其他的低龄初学修女,用严肃的口吻问道:"你们愿意跟着玛蕾丝和洁去地库吗?"

我反手将蕾萨向上托了托,招呼另外几名幼龄的初学修女。"来!赶紧跟上!"内花园里传来愤怒的咆哮和放肆的狂笑,我脚下一软,向后接连倒退几步。

恩妮可果断地摇摇头。"我不去。如果见不到和洁年龄差不多的女孩，他们一定会起疑心，把这里翻个底朝天。要是我们几个留在这里，说不定还能迷惑过去。"

"我也不去。"朵耶表示附和。图兰在一旁沉默地点点头。

没时间再等下去了。在关闭知识圣殿大门之前，我迅速回头扫了一眼。圣殿花园里，修女们将初学修女挡在身后，面向日暮台阶站成一排，筑起一堵白色的人墙。嬷嬷站在最前方，昂然地仰天伸出双臂。

没有人退缩，没有人畏惧。

第 13 章 地 库

在确保所有的幼龄初学修女都安全抵达后，洁和我合力关上知识圣殿的大门。我们摸黑穿过长长的走廊，凭记忆找到大致位置。我用手掌缓缓触摸过立柱浮雕间的墙面，终于摸到了那块楔形徽章，它是区别地库大门和普通墙壁的唯一标志。

"我们怎么打开它呢？"洁小声问。

"我从没进去过。"我刻意压低嗓门。站在地库大门前，距离玄幻魔女的领地如此之近已经让我不寒而栗。"不过欧修女说过，你只需要知道它是一扇门就好了。"

我将掌心对准门上的楔形徽章，用力按下去。沉重的石门悄然无息地滑向一旁，眼前隐约出现了台阶的轮廓，通往深不见底的黑暗之中。一股寒风迎面扑来，女孩们瑟瑟发抖，但都还算冷静，既没有哭也没有尖叫。或许她们根本不清楚我们究竟置身怎样的险境。玄幻魔女的气息越来越浓，我不由倒抽一口凉气。

"我们要下去吗？"希奥问。

"对。但我们首先要借点光，"我答道，"不然一脚踩空就危险了。洁，你带着她们守在门口，我去找盏灯过来。一旦听到陌生的声音，你就立刻把门关上。"

洁将女孩们聚拢在入口处的几级台阶上。我沿着走廊跑向教室，以前上夜课的时候，我们曾经使用过油灯和火绒箱。当我用颤抖的双手翻出两盏油灯时，圣殿花园里突然响起说话声。

那是睽违许久的声音——男人的声音。

在好奇心的驱使下，我将油灯轻轻放在桌上，扒着窗口向外窥视。

他们已经登上日暮台阶。微弱的月光下，我实在难以辨认每一个的长相，只能隐约看见他们形成一团密集的黑影挡在嬷嬷面前。嬷嬷披散着一头灰色长发，张开双臂岿然不动，身后依次是一袭白色睡袍的修女和初学修女们，远远望去仿佛苹果树上绽放出的一片片白色花瓣。男人们留着络腮胡须，剃得精光的脑袋隐隐泛着亮光，手臂上文满了刺青，腰间的匕首闪闪发亮，随时准备将这些花瓣扯落撕碎，抛入大海或是砸向悬崖。

面对来势汹汹的攻击，嬷嬷手无寸铁，依然保持双臂张开的姿势。

"门诺斯岛禁止男性进入。"她的声音通透而尖锐，激起一阵微微的震颤，穿过墙壁直抵我的耳膜。

"修道院禁止男性进入。"嬷嬷的语气无比坚定，仿佛血钟声的警告。"立刻离开这里，回到你们的船上去，回到大海去，你们会活得幸福、自在，一如掌纹中生命线那般长久。"

嬷嬷的形象威严而凛然。男人们为她的气势所震慑，犹豫着不敢贸然行事。或许是想起了两天前那场突如其来的风暴，男人们纷纷开始退缩。

就在这时，一个男人突然从人群中站了出来。他并没有像其他人那样剃光头发，而是留着浅色的寸头，下巴上的胡须修剪得格外整齐。虽然他身上衣服的颜色有些模糊，但能看出领口的刺绣图案繁复尊贵，腰间匕首的手柄上镶嵌着色彩绚丽的宝石。我立刻识别出他的身份。

洁的父亲。

"她在哪儿?那个不要脸的婊子,她在哪儿?"

面对嬷嬷的强势,他显然有些畏惧,但坚持不做丝毫的让步,而是更紧地握住了匕首的手柄。

"把属于我的东西交出来,老太婆。我保证不会伤害你们其他人。"

但他的眼睛出卖了他。他在说谎。

"你错了。"嬷嬷的口吻异常镇定,她依然稳稳地张开双臂,不见一点颤抖。"这里没有属于你的东西。如果一定有谁受到伤害,那将会是你和你手下的人。"

洁的父亲突然伸出手,作势挡开嬷嬷扬起的手臂。大家一阵惊恐,好在他在半途中停止了动作。

"别给我装腔作势了!"他猛然逼近嬷嬷,厉声咆哮道,"说,她在哪儿?"然后,他几乎是一个字一个字地往外吐:"我的女儿,她在哪儿?"

"她已经不是你的女儿了,"嬷嬷平静地说,"放手吧。"

"闭嘴!"洁的父亲恼羞成怒,冲他手下的人吼道:"给我一个房子一个房子地搜!欧科雷特,你负责这一队。温加,你也带上几个人。大家都知道我们要找的是谁吧。"

男人们纷纷抽出匕首,几个人将修女和初学修女们团团围住。其中一个领头的紧紧贴住欧修女和玫瑰。他的小臂和手背上满是刺青,丝绸衣服在月光下泛着银光,上唇留着两撇浅得发白的小胡子,腰间另外别着一把锯齿状的长匕首。他用贪婪的眼光盯住玫瑰,放肆地伸出舌头,反复舔舐牙齿和嘴唇。玫瑰始终面向大海昂然站立,令人产生一种神圣不可侵犯的距离感。

不多时,欧科雷特和温加带着两队人回到圣殿花园。

"大哥,房子都是空的,"年长的一个的靠近洁的父亲汇报道,"连个人影都没有。"

"叔叔,那幢房子是锁着的。"年轻的一个指了指知识圣殿。他身穿一件黑色外衣,领口上有着同样繁复的刺绣花纹。在逐一扫视过修女和初学修女后,他低下头,若有所思地望着地下,指尖不住摩挲着腰间的匕首。

"找几个人把门撞开!"洁的父亲厉命令道,"快!"

我迅速撤离窗口,从桌上抓起油灯,然后蹬掉拖鞋,悄无声息地穿过走廊回到地库门口。门外的喧嚣声越来越遥远,虽然听不清对方说的话,但我知道,他们很快会撞开大门的,很快。

我拉着幼龄初学修女们走下台阶,洁显然听见了父亲的咆哮,脸色苍白地将石门轻轻拉回原位。直到确保地库大门已经完全闭合,我才敢点燃油灯。晃动的灯影下是一张张惊惧的稚嫩面孔。通向地库的台阶盘旋而下,我们不敢说话,沉默而小心地一级一级走下去。台阶不长,底部应该和内花园的位置平齐。地库呈狭长形,天然形成的石壁两侧凿入好几只一人高的壁龛,此外再没有其他装饰,只有阵阵蚀骨的寒意。地面显然经过洗刷,正中设有一只圣坛,摆放着祭祀玄幻魔女的供品:去年秋季收获的一只苹果,几块光滑饱满的鹅卵石,以及一张蜕落的蛇皮。

洁和我各持一盏油灯,在地库内试探地走出几步。灯光照过墙上的壁龛,映出一堆堆白色的人骨。那是曾死于门诺斯岛修女的残骸。玄幻魔女的阴影仿佛就藏在骨骼的缝隙间和骷髅眼眶的黑洞中。我从未像现在这样——哪怕在月亮舞之际——如此强烈地感知到她的存在。

银色大门虽然尚未浮现,但它一直都在,从未远离。女孩们紧紧靠在我和洁身边,紧张地一声不吭。油灯的照明范围实在有限,地库的末端仍然藏匿在一片黑暗之中。

"我找不到可以抵住大门的东西。"洁将油灯抬高了些,焦急地四下张望。我叹了口气,摇摇头。

"但愿他们不会发现这扇门。"

抵达地库末端后,我们才意识到,这里实际上是一个天然的地穴,修女们将地穴深处做成一个隐藏性极好的墓穴,埋葬创建修道院的七名始祖修女。墓穴用木门隔开,前面陈列着七只小规模的圣坛。每一只圣坛前都供奉了鲜花,木门的铜板上镌刻着她们的名字:**卡比拉、克拉莱丝、加莱、埃丝特吉、欧塞奥拉、苏拉尼、达伊拉**。名字与名字之间都标注了间隔的符号,事后回想起来,那应该是伊奥娜名字的缩写字母 I。

我和洁吩咐女孩们坐下,将油灯放在两侧墙角。女孩们围坐成一圈,希奥赶紧凑过来,将脑袋枕在我的膝盖上。

"他们会找到这里来吗?"伊丝米小声问。

"小傻瓜,"希奥安慰道,"玛蕾丝不是在这儿嘛。他们真要闯进来的话,"她张大嘴巴,瓮声瓮气地说,"月光女神就会显灵,用石头将他们砸得粉身碎骨。"

女孩们相互依偎着,很快沉沉睡去。但洁始终无法平静下来,她沿着石壁走来走去,不时地消失在光影外的黑暗之中。她攥紧了拳头,目光狂野而愤怒。

当发现我在观察她时,洁径直走了过来。

"修道院变成现在这个样子,完全是我的错。你们大家都会死的,这一切都是我造成的。我就不应该来。"她向我摊开手掌。"给我大门的钥匙。我现在就出去,说不定他会放过你们,"洁露出一个惨淡而绝望的微笑,"如果修女们还活着的话。"

"你不能走。"我挪了挪希奥的脑袋,她发出一声轻微的叹息。"现在不能,以后也不能。嬷嬷会照顾我们的。你要相信,有她在,什么事都不会发生。"

这话说出来,连我自己恐怕都不相信。但我宁愿这是真的,嬷嬷毕竟用风暴阻挡过他们一次。

然而这一次她失败了。他们已经登上门诺斯岛,闯入修道院,还带着明晃晃的匕首。

洁站在我面前,倔强地咬住嘴唇,依然不肯放弃。

"给我钥匙!我不能眼睁睁看着你们因我而死!"

"嘘!小声点。他们不会进来的。你记得吗,欧修女说过,知识会保护我们的。"

就在这时,外面突然传来一声可怕的巨响,回声久久激荡,似乎撼动着整座白夫人山。

洁直视我的眼睛。

"钥匙!"

"你现在一旦出去,就会立刻暴露大家藏身的地方。所以我们只能在这里守着,等嬷嬷接我们出去。"

我的语气无比坚定。地库内的寒意越来越重,玄幻魔女正在耐心等待她的猎物。会有人接我们出去吗?如果有,那个人会是嬷嬷还是洁的父亲?

我不知道。

第14章 争 执

我从一阵窸窣声中惊醒过来，靠着冰凉的石壁坐起身，希奥的脑袋将我的大腿压得有些发麻。我简直不敢相信自己真的睡着了，同时不免内疚：对于那些守候在圣殿花园的修女，我的行为无异于背叛。只要还活着，她们一定不休不眠地保卫着修道院。

我小心翼翼地探过身拧亮油灯，这时我才发现，另一盏油灯已经不见了踪影，同时消失的还有洁。

我轻轻挪开希奥的脑袋，她从睡梦中悠悠醒来，发出一声猫咪似的呓语。

"怎么了，玛蕾丝？"

"嘘，别吵醒大家。我去看看洁去哪儿了。"

"她可能在墓穴那边。"希奥含混不清地说了一句，翻了个身，顺势将头枕在伊丝米的脚上。"她好像一直朝那边看。"

这时我才猛然醒悟过来。墓穴的门板已经被拆出一个缺口，缺口的后面是无穷无尽的黑暗。

我必须找到洁。但地库里只剩下一盏油灯，女孩们都指望着它的照明。我环顾四周，意外地在墙角找到一根干燥的木条。

我将油抹在木条的一头，做成临时的火把。然后凑上油灯的火焰，木条很快燃烧起来。

"希奥，我很快就回来。"希奥嘟囔了一句作为回答。我握住火把，沿着洁的足迹向墓穴深处走去。

墓穴比我想象中要狭窄许多，路面崎岖不平，石壁阴暗潮湿，似乎要渗出水来。我高高举起木条以免火苗在触碰中熄灭。但这样一来，我的脚下顿时漆黑一片，我只有将另一只手贴在石壁上摸索前进。我不能离开地库太久，可也不能眼睁睁看着洁重新落入父亲的魔爪。放弃任何一个女孩都是有违创世女神意愿的行为。

欧修女说过，创世女神认为人类必须对自己的行为负责，哪怕是自相残杀的恶行。想到这里，我不由一阵心慌，加快了脚步。

火苗挣扎了几下骤然熄灭。我站在原地，黑暗从四面八方向我涌来，密不透风，几乎令人窒息。我知道，银色大门后等待我的，一定也是同样的黑暗。

不，等等，前方隐约闪烁着一点火光，我扔掉木条，双手贴住两侧的石壁，向着火光的方向跑去。

那是洁。她将油灯高举过头顶，眯起眼睛向上望去。看见我气喘吁吁地跑过来，她朝我努努嘴，用手往上一指："看，夜空。那里有个洞。"

"你不能出去，洁，"我边说边喘着粗气，"你已经不再属于他了。你是我们的人。"

"所以我必须这么做。"洁侧过脸望着我，神色出奇地平静。"正是因为我是你们的人，因为我爱你们和爱乌奈伊同样多。"灯光从头顶笼罩下来，她的眼睛变成两只深不见底的黑洞。"你必须帮我出去。"

"不。"

我们的目光长久地对峙着。洁的眼睛里写满了坚持和倔强。没有我的帮助，她绝不可能爬出头顶的小洞。我仰起脸，夜空中出现了黎明的第一抹晨曦，几根黝黑的树枝在海风中微微摇晃。

"我知道上面是哪儿，"洁缓缓开了口，"那是白夫人山的山坡，就在玫瑰堂上面一点。我昨天已经确定过了。"

我必须想出办法阻止洁回到她父亲身边。她心意已定，任凭我说什么都没用。就算不帮她从洞里爬出去，洁也一定会离开地库。

玄幻魔女的声音在我们身边久久萦绕，透出死亡的气息。头顶上方是越来越亮的天空和散发着咸腥气味的海风。那是一条远离玄幻魔女的逃生之路。

"我可以爬上去看看外面的情况。"我望着洁，生怕她提出抗议。"但你必须留在地库里，保证她们的安全。洁，现在她们都是你的妹妹。我会尽快赶回来，等着我。"

第 15 章 告 别

洁沉默许久，油灯的光线模糊了她的轮廓和表情，让我看不透她的真实想法。最后她才艰难地点了点头，放下油灯，躬起身体，摊开手掌示意我踩上来。经过在修道院的锻炼，她的双臂已经变得强壮有力。洁托住我的双脚，将我稳稳举向头顶。我从洞中探出上身，双手抓住一条裸露在外的粗壮树根，双脚离开洁的手掌，用力蹬向石壁，就这样半悬在光明和黑暗之间。我将上身紧紧贴住地面，拉住树根一点一点往外蹭，同时屈起一条腿，试图在洞口附近找到着力点，利用脚的蹬力将身体顶出去。好在山势并不十分陡峭，我手脚并用地爬出洞口后，立刻趴在地上向洁回话：

"我一定会在太阳完全跃出海平面之前回来的，"我小声叮嘱道，"洁，千万别做傻事。"

洁没有回答。我只能看见一团昏黄的灯光和一个模糊的白色人影。正当我起身准备离开时，洞里突然传出了洁的声音，嘶哑而低沉。

"千万小心，玛蕾丝。我的好姐妹。"

第16章 玫瑰堂

我最先注意到的是声音的消失。没有开关门时的吱呀声,没有打水时绞索的摩擦声,没有女孩们打闹嬉戏时的笑声。修道院从未像现在这样寂静。羊圈那里偶尔响起几声咩咩的叫唤,那是山羊催促着玛瑞安修女给它们挤奶。可那叫声听来如此孤独,更加衬托出门诺斯岛的静默。

令人窒息的静默,一如玄幻魔女门后的领地。

虽然已经是黎明时分,太阳却还没有爬出海平线,修道院仍然笼罩在一片昏暗之中。从我所在的位置看过去,隐约可以分辨出各个建筑的轮廓。距离我最近的玫瑰堂依山而建,连片的屋顶将圣殿花园遮挡得严严实实。四四方方的知识圣殿一览无遗,一旁的知识花园显然遭到了严重破坏。大大小小的植株或是被连根拔起,或是被砍落在地。海风中弥漫着腐烂的味道:一种甜腻和苦涩混杂的浓郁气息。

左侧的内花园一团模糊,再过去就是浴悦堂和炉灶房。炉灶房的门敞开着,似乎还留有匆忙撤离的痕迹。

一个人都没有。比起前夜圣殿花园剑拔弩张的场面,眼前的一切更让我感到恐惧。

我沿着山坡潜行而下,刚开始还有不少灌木和松柏可供藏身,但随着海拔的降低,树木逐渐被青草和爬地植物所取代,我只好尽可能蹑手蹑脚地前行。玫瑰堂北侧和知识圣殿之间有一条鲜为人知的小径，小径紧贴围墙内侧，蜿蜒通往知识圣殿的东面。由于地势险峻，翻山从东北方向偷袭修道院几乎完全没有可能，因此这一段围墙修筑得较为低矮。说是低矮，对于我而言还是难以攀越。我抬起头失望地叹了口气，却意外地在围墙上发现了朵耶的圣鸟。

在黎明的晨曦下，圣鸟尾部的蓝色羽毛呈现出阴郁的黑色。它烦躁不安地跳来跳去，一双圆溜溜的眼睛始终盯住圣殿花园的方向。我在围墙下停住脚步。

"圣鸟，"直到现在我都不知道自己当时为何开口这样问，"圣鸟，朵耶在哪儿？"

圣鸟绕着围墙转了个弯，直直地瞪着我。深色的眼珠闪着精光。

接着，它一个俯冲落在我头顶，探出尖锐的爪子抓挠着我的头皮，撕扯着我的头发。我刚想伸手摆脱它的纠缠，没料到被另一双爪子死死钳住小臂。我的头发已经成了一团乱麻，完全遮挡住视线。我还来不及分辨另一双爪子究竟来自哪只鸟，第三只已经飞上我的肩膀。接着是另一侧肩膀，另一只手臂，鸟儿们一只接一只地扑向我，用爪子钳住我身体各个部位。说也奇怪，那些爪子虽然尖锐，抓在身上却丝毫不觉得疼痛。鸟儿越聚越多，不停扑棱着翅膀。我感到脚下一轻，整个人飞了起来——鸟儿将我拎了起来！还没等我反应过来，它们已经将我稳稳放在地上，悄无声息地四散而去。圣鸟从头顶一跃而下，温顺地停在我的右手背上。我拨开眼前的头发，这才发现自己已经置身围墙的内侧。眼前就是玫瑰堂和知识圣殿间的小径，小径上晃动着斑驳的树影。这时，我听见了说话声。粗厚阴沉的说话声，不，这绝不是修道院的声音。

我以最快的速度穿过小径，将身体紧紧贴住知识圣殿的外墙，小心翼翼地探出头，从墙角边向外张望。

圣鸟扇动翅膀飞离我的手背，落在距离最近的一扇玫瑰窗外框上，用长长的喙咚咚地敲击玻璃，然后发出绝望的啼叫。一块石头冷不丁从花园里直飞过来，圣鸟敏捷地向侧身躲闪，石头不偏不倚砸在玫瑰色的窗玻璃上。花园里响起一阵嘲讽的哄笑声。圣鸟以令人炫目的速度掀动翅膀，仿佛一朵红蓝相间的云彩腾空而起。无论它降落在何处，都会立刻遭到投石密集的攻击。

朵耶肯定在玫瑰堂里面。

男人们组成的黑影在花园里来回移动，比赛似的将圣鸟当作投掷的靶子。在又一次与锋利的碎石擦身而过后，圣鸟终于放弃抵抗，向着玫瑰堂的尖顶一冲而上。花园里顿时爆发出得意的狂笑。喧哗中，其中一个男人闯入我的视野，背对着我仰头找寻圣鸟的踪影。他剃着光头，又粗又短的双腿仿佛两根树桩扎在地上，腰间的锯齿形匕首看来格外眼熟。没错！他就是领头的那个，带着猥亵的表情靠近玫瑰的那个。他扬起文满刺青的手臂，用残留的几根手指捏住石头，试探地做了个投掷的姿势，揣测着究竟能否砸中尖顶上的圣鸟。

"到现在连个人影都没有，你说我们还能找到她吗？"花园右侧响起一个声音，断指的男人将脸侧了过去。"萨扬肯定听信了不实的谣言。她根本就不在这儿。我们应该尽早撤离才对。不管萨扬怎么说，依我看，前几天那场风暴绝对不寻常。"

断指的男人耸耸肩说："果真那样的话，我们把这里该办的事办完了，立马上路就是。"

"你说的上路是指回家吧，"又一个人插嘴道，"我听那个年轻的温加说,上面那座房子里藏着好多银币。"他边说边指向月亮阁。"这样一来,我们的工钱就到手了。"

"那儿也有好东西啊。"断指的男人用缺了手指的拳头向玫瑰堂挥了挥,立刻引起一阵不怀好意的哄笑。

我必须亲眼看看玫瑰堂里的情况。

我身后就是环绕知识花园的矮墙,它的一边恰好垂直于修道院围墙。我敏捷地翻上矮墙,走出一段后接着爬上围墙。围墙上方宽阔平坦,隐蔽性极好。但我不敢大意,一边留意着圣殿花园内的动静,一边猫着腰,蹑手蹑脚地一路小跑。我顺利地绕到玫瑰堂后侧,围墙顶端恰好与玫瑰窗下沿平齐,我轻轻一跳,整个人蜷缩在凹陷的窗框内,玫瑰红的玻璃和窗边陈设的壁龛恰好遮挡住我的身影。

我将双手拢在眼睛两侧,向玫瑰堂内窥视。

过了好一会儿,我的眼睛才适应了屋内的昏暗。大厅内的景象渐渐清晰起来:修女和初学修女们挤挤挨挨地站在两排立柱中间,面向大门一动不动。我一边清点她们的人数,一边在心中默默祈祷,一个都不要少啊!我想到在炉灶房守夜的西西尔、尤伊姆和厄尔斯修女,她们也在吗?或许因为心乱如麻,或许因为光线太过朦胧,我每次数出的人数都不一样。这时,站在立柱旁的一个初学修女向一旁稍微挪动了些,从窗户透进的光线映出她一头金铜色的鬈发。那是西西尔!她总算和大家汇合了!

我费了好长时间才辨清看守在玫瑰堂内的男人:门口站着两个,圣坛上坐着三个,正在兴高采烈地玩骰子。

玩骰子?!在玫瑰堂?!

男性的闯入已经是对门诺斯岛的亵渎,但这次对修道院的打击显然更加沉重。他们居然堂而皇之地占领了玫瑰堂，难道就连创世女神也无能为力了吗？

玫瑰堂的大门轰然打开。一个留着寸头的男人大摇大摆踱了进来。那是洁的父亲。紧随其后的一老一少是分别称他为"大哥"和"叔叔"的两位。三人所持匕首的手柄均十分华丽，镶嵌着各色的宝石或珍珠贝。他们穿过大厅，径直迈向玫瑰堂正中的圣坛。

"她人呢？"洁的父亲嘶哑着嗓子质问道，比他咆哮时多出几分阴森森的恐怖感。"你们这里谁是管事的？"

人群中一阵轻微的骚动，嬷嬷缓步走上台阶。洁的父亲恶狠狠地指向她。

"我最后再问一遍。我的女儿在哪儿？"

嬷嬷冷冷地直视着他，一言不发。洁的父亲骂骂咧咧地冲下台阶，扬手甩了嬷嬷一巴掌。嬷嬷的脸歪向一旁，脚下一个趔趄，勉强才站稳。玩骰子的三个男人站起身来，面面相觑。

"看见没？"洁的父亲转向他们，"她们就是普通人，什么魔力都没有，压根不需要害怕。那场风暴完全是巧合而已，和她们没有半点关系。一群软弱怯懦的女人，和我们那儿的娘们一模一样！"洁的父亲缓缓抽出匕首，用刀尖抵住嬷嬷的胸口，露出玩味的神情，似乎在试探究竟要用多少力气，才能刺穿传说中坚韧如钢的胸骨。

他的侄子——就是唇角上留有一簇小胡子的那个年轻人——对着修道院的方向做了个手势。"萨扬叔叔，我们把每个房子都搜过好几遍。她真的不在这儿。她肯定在我们来之前就已经逃跑了，被风暴卷走了也说不定。"他的语气中流露出恳求的意味。

"温加，闭嘴！"洁的父亲用嘶哑的声音喝止道，"她肯定在这儿！给我接着搜！我要知道她究竟藏在哪儿！"他身子一转，匕首的刀尖直指向自己的侄子。"你难道不明白吗，能否找到她关乎你的切身利益。我们的家族如果无法洗刷这种耻辱，不会有人愿意把女儿嫁给你的。你找不到工作，讨不到老婆，只能沦为所有人的笑柄。"

温加别过脸去，神色中掠过一丝不易察觉的绝望。

萨扬重新直视着嬷嬷。"不找到她，我绝不会离开这座岛。我自己是很有耐心和你们耗下去的，不过——"他用匕首指了指玩骰子的三个男人，"他们可不一定。"

看见嬷嬷继续保持沉默，洁的父亲耸了耸肩膀。"你们这是咎由自取。我可是真心真意想要保护你们的。他们是我雇来的帮手，无以为生的海盗，小偷小摸的惯犯，亡命天涯的罪人，懂吗？他们早就等得不耐烦，已经迫不及待要捞点好处了。"

萨扬后退一步，向那三个帮手努努嘴。"请吧，想怎么来就怎么来。不过先让我们回避一下，我可听不得哭声。"他示意弟弟和侄子赶紧跟上。温加始终低着头，几乎是一路小跑地逃离了玫瑰堂。

大门在他们身后重重关闭。刚开始，那些帮手们还不敢轻举妄动，一脸狐疑地打量着修女和初学修女，一只手始终握住匕首的手柄。身为海盗，他们非常清楚那场风暴的诡异和威力，因此显然有所忌惮。

晨曦温柔地笼罩在西西尔身上，映出她一头金铜色长发和白皙光洁的皮肤。受到这幕场景的诱惑，其中一个男人按捺不住心中的欲火，一手持刀，一手攥住西西尔的胳膊，将她往身边拖拽。西西尔极力想要挣脱，却无可奈何。男人露出猖狂的邪笑。

"兄弟们，上吧！"

另两个男人闻讯冲下台阶，冲一群手无寸铁的弱女子们饿狼般地扑了上去。看见同伙顺利得手，原本守在门口的两个也摩拳擦掌地凑了过来，他们朝地板上吐了几口唾沫，擦了擦匕首的刀刃，消除迷信带来的最后一丝恐惧。门外响起一阵争执的嘈杂，似乎有更多男人正蠢蠢欲动地试图分一杯羹。

西西尔厉声尖叫。一个身影冲上前去，拉住她另一只胳膊往回拽。那是尤伊姆。

"不！"她哭喊的声音清清楚楚地传入我的耳朵，"不，别碰她……"

尤伊姆试图帮西西尔摆脱困境，见此情形，我恨不得立刻冲进去阻止她。我的心狂跳不止，眼前一阵阵发黑。尤伊姆挡在西西尔面前，我看不见她的脸，只能辨认出两条张开的胳膊将西西尔护在身后。

"冲我来！"尤伊姆喊道。对方仰天大笑。

"就凭你？脑子进水了吧！"那个男人刚想将尤伊姆推到一旁，冷不防却被尤伊姆狠狠踹了一脚。他痛苦地弯下腰，但没过几秒就重新直起身，扬起拳头朝尤伊姆脸上重重挥去。尤伊姆向后直直地跌去，整个人蜷缩在他脚边。他一手扯住西西尔的头发，一手高高举起匕首。玫瑰堂内顿时一片刀光剑影，男人们终于放下心来，眼前的修女们并没有呼风唤雨的魔力，她们有的，只是身为女性最本能的反抗。

"等一下！"伴随一声喝令，一道耀眼的亮光划破了玫瑰堂内的阴暗。

玫瑰以矫健的步伐昂然走上圣坛。她褪去白色的睡袍，一丝不挂地端立在那里，清晨的阳光透过花窗玻璃投射进来，将她沐浴在一片玫瑰色的柔光之中。她一头鬈发如瀑布般披散在背后，胸部浑圆饱满，皮肤光滑柔软，那是一种令人窒息的美，所有人的目光都为之吸引。

我知道，她已经不再是玫瑰的守护修女，而是创世女神的化身。她知晓女性身体的所有秘密，玫瑰堂里的一切都在她的掌握之中。

"我是玫瑰堂的执事修女，圣洁处女的化身。你们知道这意味着什么吗？"玫瑰的笑容充满魅惑，全身散发出的光芒几乎刺痛我的眼睛。"对于我，你们无需强迫和暴力，不用担心出现抵抗和愤怒。我清楚自己的所作所为。我会满足你们，让你拥有比梦里更狂野的体验。"玫瑰的嗓音深沉而充满磁性，那已经不是她自己的声音，我能从中分辨出玄幻魔女的部分。圣洁处女和玄幻魔女，象征着创世女神的初始和终结。玫瑰伸出手臂，向揪住西西尔头发的男人一指："你是第一个。跟我来。"

面对玫瑰的要求，男人除了乖乖就范再没有别的选择。玫瑰转过身，婀娜的身影消失在圣坛边的玫瑰木门后。男人愣愣地注视这一切，突然松开西西尔，向着玫瑰的方向狂奔过去。

"布特，去守住大门。不许放人进来。"他的声音明显有些醉意，"你们排好队，一个接一个轮流来。但是一定要保证有人盯着，以免她们造反。"

"她真是我见过最美的尤物，"布特将双手抱在胸前，不住地喃喃自语，"你动作轻点，其他兄弟还等着呢。"

玫瑰木门咔哒一声关闭。

里面响起暧昧的动静。那是我不忍听见的声音。

嬷嬷高举手臂。"玫瑰之歌，预备——唱！"

她朗声唱出第一句，带领修女和初学修女们齐声高歌，以华丽的辞藻赞颂着圣洁处女和玫瑰的智慧和美貌。男人们几度威胁让她们安静下来，慑于合唱的磅礴气势，最终悻悻放弃。

第 17 章　浴血奋斗

我用双臂紧紧抱住头，蜷缩在窗框的一角。歌声已经说明了一切，我无需亲眼目睹就能猜出玫瑰所做的牺牲。天已经亮起来了，我知道自己必须赶紧回到地库，陪伴在洁和幼龄初学修女身边，可又不忍心在这种情况下离开玫瑰堂。原本守候在花园里的男人们络绎不绝地涌入玫瑰堂，圣坛旁的玫瑰木门不断开开合合。如果我现在掉头就走，无异于对玫瑰的背叛。

歌声终于停歇下来。我微微坐起身，将双手拢在眼睛两侧向内窥视。断指的那个男人正坐在大理石台阶上打量着手中的匕首，原本锃亮的刀刃因为血的凝固而微微发黑，他用残留的手指触了触黑色的印记，脸上露出疲倦而满足的神情。

玫瑰木门后悄然无声，玫瑰堂又恢复了原先的寂静。时间已经不多了。正当我站起身想要跳上围墙时，窗内的一声巨响让我生生停住了脚步。

萨扬赫然出现在门口。紧随其后的是欧科雷特和温加。

"我的耐心已经耗尽了，"萨扬的语气出乎意料地平静，"过来，老太婆。"

嬷嬷走到他面前。萨扬的身后跟来一大群他所雇佣的帮手，玫瑰堂里一下拥入十五六个男人。

阳光洒向嬷嬷笔挺的脊背和银色的长发，勾勒出清晰而坚毅的线条。萨扬一把抽出腰间的匕首，端详着刀刃折射出的刺眼白光，自言自语道：

"我们找遍了岛上所有的房子，包括在山谷内发现的另一座修道院，但那里只有两个不中用的老太婆。到现在，我的女儿仍然下落不明。"他突然将匕首收回腰间，目光紧盯着那个断指的男人，低声命令道："给我你的匕首！"断指的男人犹豫了片刻，最终还是乖乖上交了武器。"要知道，这些人虽然尝到了甜头，可你别指望能维持太久。"他转向嬷嬷，用匕首抵住她的下巴。"我问你最后一次——那个婊子到底在哪儿？我那个不争气的女儿一走了之，让家族蒙受巨大耻辱，你们把她藏哪儿去了？"

"这里没有你的女儿。"嬷嬷正色答道，抬起头，勇敢地迎向匕首的刀尖。

萨扬摇摇头："很遗憾，这不是我想要的答案。我不相信从你这张嘴里撬不出点什么来！"他用左手箍住嬷嬷的下巴向下一扯，右手握住锯齿形的匕首，直插进嬷嬷嘴里猛地一搅。

一股细细的血流从嬷嬷的嘴角淌下来。我用手捂住嘴巴，阻止自己叫喊出声。嬷嬷岿然不动地站着，一脸淡定。

"我必须找到她，"萨扬若有所思地说，"答案呢？我要的答案呢？"他继续搅动匕首的手柄，更多的鲜血从嬷嬷嘴角溢出。然后，他猛地抽回匕首，满意地欣赏着锯齿状刀刃上的淋漓鲜血，左手仍然紧紧箍住嬷嬷的下巴。"说！"

"她被安置在创世女神的子宫内。"嬷嬷的声音含混不清，边说边不断吞咽下血水。她说的是实话，只是萨扬未必能理解这实话的含义。

嬷嬷向萨扬身后的男人伸出双手，直视着一张张面无表情的脸孔。

"听我说，"嬷嬷神情凝重，"留在岛上意味着你们将随时将面临巨大的风险。你们应该还记得两天前那场风暴吧？快走吧，尽早离开这里，你们都能保住性命。"黏稠的鲜血混着唾液，随着她嘴唇的每一次翕动汩汩流出。

萨扬忍不住大骂，狠狠甩了她一个巴掌。身后的不少男人已经不耐烦地跺起脚来。

"我们已经耽误了太长时间，"断指的男人不耐烦地说，"赶紧把报酬付了，我们好早点上路。"

萨扬转过身望着他，满脸无奈地两手一摊："我不是说了嘛，你们看中什么就抢什么好了。"

"可这儿真的没有值钱的东西，"断指的男人嘟嘟囔囔地表示不满，"除了几件金器和银器外，我们就找到衣服、书、牲畜和一点吃的。你不是说岛上全是银币吗？"

萨扬耸耸肩："协议是你们自愿签的，抢不到东西可别怨我。"

萨扬的话激起一阵抱怨的骚动。雇佣来的男人们个个攥紧了拳头，鞋底霍霍摩擦着地板，面色前所未有地阴沉，与萨扬、欧科雷特和温加形成两派敌对阵营。嬷嬷不动声色地挑起了他们的矛盾，双方力量悬殊，冲突一触即发。

萨扬握紧了匕首。

"够了！"他的额头上沁出一滴滴汗珠，有些失控地咆哮着，但很快强迫自己镇定下来，用刀尖直指嬷嬷的胸口，颤抖着双手久久迟疑着。嬷嬷高昂起下巴，无畏地直视着他的目光。萨扬显然感到了恐惧，但是，这毕竟不是他第一次杀人了。

一扇门从嬷嬷身后浮现出来。一扇又高又窄的银色大门,玄幻魔女之门。

我失声尖叫起来,但是叫声迅速被另一个声音掩盖了过去。玫瑰堂门口出现一个逆光的白色身影,一头浅色长发闪耀着星星点点的光。

"我在这儿,父亲。"

大家不约而同地望向大门。嬷嬷踉跄着向前一步,不停摆着手。

"不!洁!"情急之下,她的声音第一次发出颤抖。

洁避过嬷嬷的目光,直视着父亲,仿佛其他人都不存在一样。

萨扬用匕首指向洁喝声道:"妓女!"

洁的双手垂在身体两侧,一言不发。

萨扬将沾满鲜血的匕首还给断指的男人。"我带她回船上去。你们想干嘛干嘛。今天傍晚启航。欧科雷特,温加,给我盯住这儿。"

他狠狠抓住洁的胳膊,将她拖进花园。

断指的男人摆出一副老大的架势,斜着眼睛环视四周。"你们都听见了吧。我可不保证能拿到协议上那么多钱,所以大家放开了拿,把能带的统统都带走!"欧科雷特似乎嘟囔了两句表示抗议,但断指的男人根本不予理睬。

之后的情况我就不知道了。我只记得自己慌忙跳下窗,朝着山羊门的方向一路跑去。我不知道自己还能做什么,也来不及多想。我已经耽误了太多的时间,都是因为我的疏忽,洁才会放弃。我绕过玫瑰堂,爬上初学修女之家的屋顶,顺着屋檐来到靠近内花园的一侧,咬牙跳了下去。花园里的鹅卵石让我脚下一滑,整个人仰面朝天滚落在地。

玛蕾丝,玄幻魔女的声音从阴影中延伸出来,**玛蕾丝**。

我必须摆脱她的纠缠和控制，这是我的唯一出路。想到这里，我挣扎着站起身，跌跌撞撞地跑上黎明台阶。四周空无一人，山羊门静静敞开着。我毫不犹豫地冲了出去。

洁和她的父亲正沿着小径向山下走去，距离我大约只有十几米远。由于山势陡峭，修女们沿着小径筑起一道低矮的围墙以防止行人失足跌落。洁走在她父亲的前面，只留给我一个柔弱无助的背影。洁的父亲不断地骂骂咧咧，我只能从自己剧烈的心跳和喘息中捕捉到只言片语。

不要脸……你以为……像你姐姐……妓女，都是妓女……乌奈伊……

洁停住脚步。她的父亲扬起手来，冲她脑后就是一巴掌。

我尖叫起来。

萨扬转过身来。洁瞅准机会，冲着悬崖的方向在父亲背后狠狠一推。萨扬跌落围墙的一瞬间，我清楚地看见他难以置信的惊惧表情。他就这么一路坠落下去，连续三次撞击并反弹在凸出的山石之上，最终葬身于海滩边的乱石之中，缩小成模糊的一团。

洁没有往下看，而是紧紧盯住自己的双手，困惑的表情很快转换为清醒的意识。她将双手用力伸向前方，似乎想让整个身体彻底摆脱它们的存在。我刚想走上前去安慰她，一个人影突然掠过我身边，抢先一步赶到洁的面前。那是温加。他趴在围墙边四下张望，然后直起身，长久地凝视着洁。洁瞪大了眼睛，双手仍然远远地探向前方。

温加一动不动地站着，对于我的存在，他和洁似乎都视若无睹。我紧张地揣测着他的下一步行动，一旦他做出任何可能伤害到洁的举动，我会不顾一切扑上去。

"我来和父亲解释,"温加缓缓开了口,"我就说你们发生了争执,双双跌落山崖,两个人都死了。"

洁沉默不语。

"父亲一心想要离开这里。他不会去山下查看究竟的。"

"我的母亲,她还活着吗?"

直到此刻,洁的声音才流露出颤抖。

"嗯,"温加点点头说,"你父亲,他想要……想要她亲眼看着你受罚。"

洁慢慢放下双手,脸上绽放出释然的微笑。那是一个我从未见过的洁,深色的眼睛透着笑意,整张脸都灿烂起来。"现在她自由了。她终于自由了!"

"我会帮助她的,尽我所能地帮助她。"

"请告诉她我生活得很好,我终于找到了归宿。你能答应我吗?"

温加又一次点点头。

"为什么?"洁的笑容中多了一丝疑虑,她急切地想要从温加的脸上找到答案,"为什么你不抓我回去?你不是带着武器吗?"她指了指温加佩在腰间的匕首,"为什么你要帮我?"

温加的双肩明显抽搐了一下。他的声音沉了下去,我几乎听不见他说的话。

"我始终有个秘密。要是知道这个秘密,父亲非杀了我不可。在岛上的每一秒我都在想:下一次被活埋的人可能就是我。"

"我能猜到你的秘密,"洁平静地说,随即摇摇头,"不,不会是你的。只有女性才会遭到活埋。但我很早就注意到,你对待我们的方式和其他男人不同。"洁脸上的笑容消失了,取而代之的是深深的悲哀。

"对你来说，或许和家族断绝关系才是最好的出路。离开家，离开我们的土地，去到一个更安全的地方。"

修道院里突然传来一阵胜利的欢呼。

"我们找到宝库了！那幢装满书的房子里有一扇门。快，拿火把过来！"

地库。他们发现了地库。

我拔腿就跑。我根本顾不上注意身后是否有人尾随，向着玫瑰堂上方的山坡攀岩而上。我丢下了她们，洁也丢下了她们。幼龄的初学修女们如今正孤零零地守着地库，面对一群残暴无耻的男人。

接下来发生的一切很难用语言形容。我的记忆模糊一片，而那些清晰的片段实在难以付诸笔端。欧修女说过，我已经拼尽了自己的全力。然而时至今日写下这一切时，我的双手仍然因恐惧而剧烈颤抖。但愿人们能读懂我潦草的笔迹。

我顺利找到位于山坡上的坑洞，以及洁逃离时搭建的简易木梯。钻进洞口的一瞬间，我立刻被无边无际的黑暗所吞没，到处都充斥着玄幻魔女的声音。

玛蕾丝。将属于我的还给我。

我将手掌贴在通道两侧的石壁上，发了疯似的向前奔跑。跌倒，爬起，再跌倒，再爬起。赤裸的脚底被碎石和沙砾划出一道道伤口，可我丝毫不觉得疼痛，我的耳畔充满了男人们的欢呼和喧嚣，它们如此迫近，却又遥不可及。我在黑暗中摸索前进，但通道似乎永远没有尽头。

隔离墓穴的木门终于出现。门后闪烁着一抹微光。我停下脚步，将颤抖的身体靠在仅剩的门板上，试图让自己平静下来，鼓足勇气向木门那边望去。

我留下的那盏油灯还竖在原地，只是火苗早已熄灭。油灯周围已经没有了女孩们的身影，地库内挤满了男人。其中一些手持火把，另一些拎着油灯，跃动的火苗将匕首映出一道道白光。一双双文满刺青的手在骨骸中迫切地翻找着。地库正中站着那个断指的男人，他虎视眈眈地注视着手下的行动，渴望发现传说中的金银珠宝。他的鼻翼膨胀开来，哼哧哼哧呼着粗气，仿佛一头随时被激怒的野兽。我的目光始终停留在他腰间的匕首上，锯齿状的刀刃血迹斑斑，那里面有玫瑰的血，也有嬷嬷的血。

玛蕾丝，玄幻魔女又一次发出呼唤。

"这里根本不是宝库，"断指的男人愤愤说道，同时向地上狠狠啐了口唾沫，"就是个坟墓嘛！你把我们叫到这儿来，就是让我们欣赏一堆骨头的吗？"

一个身材矮小的男人从壁龛边走过来，将双臂交抱胸前，懊恼地说："我以为供奉死人的都是好东西嘛。谁知道她们怎么想的？！"

断指的男人冷冷地环视四周，伸出舌头，贪婪地舔舐过嘴唇和牙齿，露出一脸狰狞的笑容。他突然抢过火把，向壁龛内照去，嘟囔了一句"这里说不定藏着宝贝"，伸出匕首就要刺进去。

"住手！"那是希奥的声音。

没有哭喊，没有尖叫，只有一声短促的喝令：住手！可怜又勇敢的小家伙们。男人们闯入地库时，孤立无援的她们只好四散开来躲在阴暗处。如果我在场的话，一定会帮她们逃出去。可现在，她们全数落入魔爪之中。我靠在门后，清楚地看着火把燃烧时升起的股股白烟，不知如何是好。一切都是我的错。嬷嬷唯一交代的任务，我却没有完成。时间仿佛静止在这一刻，恐惧和羞愧占据了我内心的全部。

"这些小的可以卖个好价钱。大一些的估计没人肯要，不过送去妓院倒是能调教出来。我认识几个生意人，他们手头正缺这样的货色，"断指的男人咂咂嘴，满脸淫邪的笑容，"我可以先尝尝鲜。这几个小的长得不错，看上去也挺乖的嘛。"

"住手！"希奥用稚嫩的声音命令道，"创世女神就在这里，她是不会饶恕你们的！"

男人们爆发出一阵哄笑。但我能感觉得到。玄幻魔女的呼吸如此沉重，我能真真切切听见她的声音：**玛蕾丝，我渴望得到你**。我用手紧紧捂住嘴巴，生怕自己发出一点声响。

断指的男人扔下火把，伸出粗糙的大手从壁龛中揪出希奥，钳住她细瘦的胳膊迫使她跪在地上。我能看见希奥光洁的脖颈，赤裸的双脚，以及探向她两腿间的粗糙大手。

我必须行动起来。尽管内心的巨大恐惧和羞愧牢牢束缚住我的四肢，但拯救希奥的念头战胜了一切。我跪在地上，以几近匍匐的姿态爬过木门中的缺口，颤抖着双腿勉强站立起来，一只手仍然紧紧捂住嘴巴。希奥撕心裂肺的哭喊如此迫近，我仿佛深陷于泥泞之中，艰难地挪动着双腿向希奥靠近。男人们抽出匕首直指向我的方向，愤怒地冲我咆哮。右侧石壁上，玄幻魔女的银色大门悄然浮现。它如此真实，仿佛触手可及。一扇隔绝生死的门，一扇分割两个世界的门。

玛蕾丝。当一步步走近断指的男人时，我听见玄幻魔女的呼唤。**玛蕾丝**，当断指的男人一把推开希奥，将匕首直插进我腹部时，玄幻魔女发出呓语般的嘟囔。我的血浸润过刀刃，和玫瑰的血，嬷嬷的血混为一体。她们是象征初始的圣洁处女和象征经过的发愿修女，而我意味着终结。玄幻魔女的声音越来越强，几乎完全淹没了希奥的哭喊。我应声倒地，坠落在玄幻魔女的阴影之中。在我爬向银色大门时，玄幻魔女不断呼唤着我的真名。石板地冰冷而潮湿，我的双手已经完全被鲜血染红。玄幻魔女的阴影温柔地抚摸着我，牵引着我不断前行。我向门把手的方向伸出胳膊，却怎么也够不到。我一手捂住伤口，一手扶住石壁，在剧痛中挣扎着站起身。**给我属于我的一切**。黑暗和伤痛的创世女神低声呓语，我摸索到门把手，轻轻打开了门。

门的另一边是前所未有的黑暗，我跪倒在地，嘴里充满了血沫，什么都看不见，什么都说不出来。但是我的听觉却变得无比敏锐。

玄幻魔女的力量由门内蔓延出来，一个接一个地攫取游走于地库内的供品。男人们仿佛稻草人一般倒在石板地上，我听见骨头断裂的咔嚓声，以及痛苦的呻吟和哭喊声。空气中充满了血肉模糊的咸腥和排泄物四溢的腐臭。当面对自己的死亡时，他们才真正感到恐惧。

伤口涌出的鲜血流过我的指缝，汇聚成一汪汪黏稠的血泊，阻挡住银色大门的闭合。我顽强地对抗着身体的剧痛和意识的模糊，不愿就此坠入黑暗的无尽深渊。我必须捍卫这些幼龄的初学修女，直至生命最后一刻。

玄幻魔女张开嘴唇，浓郁的酸涩气息扑面而来。她深吸一口气，将面前的男人一个接一个吸入银色大门。石板地上的哀嚎声不绝于耳。他们还活着，玄幻魔女需要的是他们完整的躯体和灵魂。那是无异于活埋的酷刑。其中一些用指甲抠住石板间的缝隙，绝望地进行最后的挣扎。但玄幻魔女的能量胜过所有凡人的力气，他们的惨叫和哭喊瞬间淹没在银色大门之后，仿佛从未存在于这个世界。

直到地库重归平静，我才彻底瘫倒在地。现在轮到我了。

玛蕾丝，现在你明白了吗？你是属于我的。

我已经失去声音，根本无法回答。我倒在玄幻魔女领地的入口，清楚地意识到她所说的一切都是真的。我没有成为任何修女的门徒，因为她早已选中了我。我是属于她的。

来，到我的身边来，你不必再忍受痛苦。玄幻魔女的声音异常温柔。玄幻魔女、发愿修女、圣洁处女，她们只是创世女神的不同化身而已。**来，让一切有始有终，让死去的亡灵获得重生。既然你流连于知识的殿堂，这里有最深奥最神秘的知识供你尽情取用。来，到我的身边来。**

以玄幻魔女的力量，她完全可以控制我，命令我。然而她没有，她所做的只是恳求。

一只小手紧紧握住我的手，陪着我共同面对黑暗的降临。

第18章 苏 醒

我总是选择最怯懦的方式面对问题。最勇敢、最直接的做法是，穿过那扇银色大门，看看门的另一边究竟有些什么。玄幻魔女许诺我梦寐以求的知识，那是我在目前的世界里永远无法获取的知识。它们激起了我强烈的好奇心。不，确切地说，想到这些外人无法企及的知识，我在多少个夜里辗转难眠，对它们的渴求已经成为我心中的隐痛。但我无法鼓起勇气迈出关键的一步。我想要留在这里，留在这个世界。我舍不得藏宝阁里的书籍、山坡上的山羊、时而凌厉时而温和的海风，以及炉灶房里新鲜出炉的坚果面包。我要与这个世界一同成长，体会得到和付出的快乐。我还没有准备好离开，至少目前还没有。

醒来后，我第一眼看到的就是洁。她的脸颊苍白得毫无血色，眼睛下的阴影格外暗沉，几乎模糊了我的视线。我感到整个身体仿佛被掏空了一样，只有意识正在一点一点复苏。我口干舌燥，根本没法说话。

"创世女神保佑，你终于醒了，"洁长舒出一口气，"来，先润润嘴唇。你现在还不能喝水。"

她将一杯凉水凑近我嘴边，我艰难地伸出舌头，沾湿过口腔和嘴唇。立刻感到一阵神清气爽。

"我去找纳尔修女过来。"洁站起身准备离开。

"等等，"我几乎听不见自己虚弱的声音，好在洁停住了脚步，"发生了什么？"

洁露出难得一见的微笑。"既然你这么问，可见身体是没什么问题了。"她伸出手，在我胸前披了披被角，可我什么感觉都没有，那还是我自己的身体吗？洁看出我的不安，换上严肃的神情一字一顿地说道："纳尔修女为你敷了镇痛和愈合伤口的强效草药，因此你的身体暂时没有知觉。你腹部的伤口很深，因为感染还曾一度引发高烧。"她将目光转向一旁，极力掩饰内心的痛苦。"我们还以为……还以为你撑不下去了。"

我急于想知道自己究竟昏睡了多久，但一时间说不出那么长的句子。洁从我急切的目光中读出了我的心思。

"你在纳尔修女的房间里躺了整整三天。纳尔修女说，你还要继续在这里休养一段时间。"

床下传来一阵窸窸窣窣的响动，一只黑色的小脑袋从床边探出来，在我的大腿旁蹭来蹭去。"玛蕾丝！你醒了！"

"嘘，小点声。趁着纳尔修女还没来，玛蕾丝还有一堆问题要问呢。"洁转过脸望着我："你昏迷的时候，希奥一直睡在这里。"

"我不能离开你。"希奥紧紧抓住我的手。可我离开了你们啊，想到这里，我痛苦地闭上眼睛。希奥着急地松开手。

"我弄疼你了？"

我勉强挤出一个微笑。"没有，你握着好了，没事。"

希奥释然地笑了起来，小心翼翼地摩挲过我的手背，指尖柔软的触感唤起了我沉睡的记忆。

"是你，是你握着我的手，"我几乎一个字一个字地往外吐，"在地库。"

希奥郑重地点点头。"有个坏人朝你刺了一刀后,四周一片漆黑。我们赶紧躲进壁龛里。那帮坏人又哭又喊,特别可怕。玛蕾丝,你当时躺在石板地上,到处都是血。我只好握住你的手,我怕你就这么死了。"

"你救了我,"我说,"你陪我坚持到最后。"

希奥紧抿着嘴唇,用力握紧我的手。她从一开始就洞悉了一切。面前的这个小女孩有着超越她年龄的智慧和成熟。

我望着洁,久久难以启齿。我最想知道的答案,也来自最残酷的问题。

"大家……大家还都……"

"大家都活着,玛蕾丝。包括玫瑰——当然,她也受了伤。当时只有三个人守在玫瑰堂外面,其他人都进了地库。在觉察到异样后,我叔叔和温加带着他们迅速撤离回船上逃走了。修女和初学修女们因此得救。"

"然后她们赶到地库,"希奥接着说,"纳尔修女包扎了你的伤口,让我们把你转移到她的房间里。"

"对不起,希奥。我不应该——"

"别说了,玛蕾丝,"希奥一脸严肃,乍一看与欧修女颇有几分相似,"你尽力了。你所做的一切都是为大家好。"

"我才是应该受到指责的那一个,"洁有些苦涩地说,"如果我早点离开这里,修道院就能避免这场灾难。"

"所以你想过离开这里?"希奥若有所思地问。

我望着洁,她点点头说:"是的。我原原本本地交代了一切。是我杀死了父亲，这是我一辈子无法洗刷的罪恶。"

"你不必自责，"希奥安慰道，"嬷嬷说过，假如处在洁的位置，她当时也会那么做的。"

麻醉的药效渐渐褪去，我的身体正一点一点恢复着知觉，随之而来的是无法用言语形容的剧痛。洁脸色煞白，赶紧找了纳尔修女过来。在服下一剂汤药之后，我又一次陷入昏沉的睡眠之中。

第19章 抉 择

随着身体逐渐恢复，我也能慢慢开始进水进食，有力气接受探视。我最先见到的是恩妮可、朵耶、图兰和西西尔。当然尤伊姆也会时不时露个面。她们搜集来各种各样的趣闻轶事，逗得我哈哈大笑，牵扯着刚刚愈合的伤口阵阵发痛。然而大多数时候，我都一个人躺在床上思考问题。随着思绪的梳理，一个念头在我脑海里逐渐成形。我清楚这一选择的客观和理智，只是不知道该如何下定决心。无数个夜晚，望着窗外皎洁的月光，我一边抵御伤口的疼痛，一边纠结于内心的歉疚和不安。

纳尔修女一直密切关注我的健康状况，并且向修道院的其他修女们定期汇报。这天早晨当我醒来时，嬷嬷已经守在床边，欧修女站在她身后，脸上露出难以捉摸的神情。我多希望欧修女能坐在床沿，慈爱地抚摸过我的头发。然而她始终挺直脊背，垂手而立。

"玛蕾丝，我听纳尔修女说，你的情况已经有所好转。"嬷嬷开了口。

我挣扎着想要坐起身。"是，我的确好多了。我已经不需要依赖麻药，也可以消化流质食物了。"

"躺着吧。"嬷嬷拉过一把椅子，在我床边坐下。"你能将地库里发生的事情复述一遍吗？"

"玄幻魔女出现了。"我顿了顿,犹豫着该从何说起。嬷嬷点点头,鼓励我继续说下去。"在家乡的饥荒年月里,妹妹饿死的时候,我曾经见过那扇银色大门。后来在月亮舞的时候我又见过一次,所以在地库一眼就认了出来,"我摇摇头,"玄幻魔女召唤过我,此后我一直生活在恐惧中,好像哪里都是她的声音。那群男人闯入修道院的时候,我能强烈地感觉到那扇门的存在,它似乎一直在等我。那一刻我真的以为自己就要死了。"

我渴望从欧修女脸上找到一丝安慰,然而她始终紧抿着嘴唇一言不发,我只好悻悻地收回目光。

"后来他们嚷嚷说发现了地库,我就一心想要赶回去。看见那扇银色大门后,我知道自己必须打开它,满足玄幻魔女的渴望。那时候我才意识到,自己早已被她选中,那条路并非通往死亡,而是通往玄幻魔女的领地。"

"这么说来,你受到了召唤?"欧修女突然问道,"玄幻魔女命令你走进那扇银色大门?"

我摇摇头。"不,不是命令,是恳求。"

嬷嬷转过脸去,和欧修女交换了一个眼色,然后再次望向我。

"玛蕾丝,我一直很奇怪,你已经在修道院生活了很长时间,却始终没有成为哪位修女的门徒。我很高兴,现在你终于等到了召唤。"她微微躬身向前。

这一刻终于到来。嬷嬷会再次要求我成为她的初学修女,虽然答案已经明明白白地摆在眼前,我却仍不知道该如何接受。

"玄幻魔女拥有非常多的知识,"嬷嬷继续道,"不仅仅是表面上的那些,还有许多不为外人所知的秘密知识。作为她的门徒,必须隐藏起真实身份，秘密行使职责。"

我恍然大悟。欧修女门上的蛇形黄铜门环，她对书籍和知识的沉迷及熟悉，这一切都与玄幻魔女息息相关。欧修女直视着我，仍然沉默不语。嬷嬷的口吻则越发郑重。

"欧修女并非她的真名。和玫瑰一样，欧不过是一个代号而已。欧的字母形状是一个永恒的圆，正如门环上头尾相接的蛇。"嬷嬷用手指在空中画了个圆，我的面前仿佛出现了银色大门上那条蜿蜒的眼镜蛇，它紧紧咬住自己的尾巴，瞪起一双黑色缟玛瑙的眼睛。"欧修女负责守护玄幻魔女的所有秘密，现在，玄幻魔女希望由你来继承它们。"

我的心跳越来越快。

"玛蕾丝，"欧修女的嗓音低沉而浑厚，透出前所未有的凝重，一如玄幻魔女的声音，"我的主人已经向你发出召唤。这不是命令，而是恳求。现在，我也向你提出同样的恳求：你愿意成为我的初学修女吗？"

我失声痛哭。眼泪鼻涕汹涌而出，令我哽咽到几乎窒息。嬷嬷仍然一动不动地坐在椅子上，欧修女则一个箭步冲过来，坐在床边将我拥入怀里。

"别慌，小可怜。是什么让你感到这么大的压力，我的玛蕾丝？"

等我终于平静下来，我才清醒而痛苦地意识到，自己所说的每一个字会具有多么大的杀伤力。我紧紧抱住欧修女，贴在她的胸前喃喃说道：

"我从来不敢这样奢望，欧修女。我感觉自己像在做梦——不，就算是梦境都不会如此美妙：能够成为您的初学修女，得到您的传授和指导，在藏宝阁里尽情阅读……"欧修女笑着抚摸过我的头发，"可我必须拒绝。我……"我用尽全身力气，艰难地吐出最后几个字："我必须离开修道院。"

四周陷入一片寂静。我的话一定狠狠伤害了欧修女，让她失望到了极点。趁自己还没后悔前，我一股脑地将心声吐露出来：

"修道院是我最钟爱的地方。我多希望能永远留在这里，学习，读书，无忧无虑地生活下去。可我不能这么做，我不能无视外部世界的存在，将自己闭锁在这座岛上。我们不可避免地会受到打扰和侵犯。我不应该自私地贪恋眼前的安宁。在我的家乡，人们仍然被迷信和无知所控制，而我所掌握的知识至少能够帮助一部分人摆脱饥饿和疾病，帮助女性们正视自我，为她们开辟更广阔的视野。我有义务尽一份力，让这个世界变得更美好。"

欧修女和嬷嬷沉默地聆听完我的叙述。嬷嬷叹了口气，身体微微后仰："你还这么年轻，却已经从玄幻魔女那里得到了如此多的知识。"

欧修女转过身，以不容分辨的口吻说道："知识固然能够传承，但这份勇气却是她与生俱来的！"

第 20 章　知识的门徒

黎明时分，欧修女领着我一起前往圣殿花园。日出祷告还没开始，修女和初学修女们仍然沉浸在睡梦之中。空气中弥漫着门诺斯岛在夏日清晨特有的气息：氤氲在山谷间的隐隐湿热，野生牛至和山胡椒的浓郁味道，沾满露水的草叶清香。一只水雉从我们头顶掠过，发出短促高亢的叫声。我们肩并肩沉默地站着。大海和整个修道院仍然被昏暗笼罩，只有炉灶房的烟囱里升起袅袅炊烟，那是一贯早起的厄尔斯修女在为大家张罗早餐。

第一缕阳光照射在白夫人山，将天空和山顶镀上一层金色。这是我第一次——或许也是最后一次——从圣殿花园的位置欣赏日出。我永远不可能成为一名真正的修女，永远不可能和其他修女站在一起进行祷告和祭祀。我别过脸去，用力眨了眨眼，强忍住即将落下的泪水。欧修女将手掌覆在我的肩上，将我的身体转向太阳升起的方向。她的手背青筋毕露，皮肤呈现出太阳炙烤后的小麦色。

"玛蕾丝，"她的声音格外深沉，"你看，那是死亡的另一面，生命。生命比死亡更有力量。"她沉默片刻，和我一起望着徐徐升起的太阳，然后再次转向我。

"我明白你所做出的牺牲。其他人或许不能理解，但我可以。"

我摇摇头。欧修女托住我的下巴，扳过我的脸迎向她的目光。她的双颊满是泪水，但声音仍然无比坚定。"玛蕾丝，我自己无法承受这样的牺牲。我选择留在这里，享受安定、书籍和知识。玄幻魔女所能给予的，是我难以抗拒的莫大诱惑。我因此不去理会外界的纷扰和喧闹。但你更加理性，你明白一味躲避是怯懦和自欺欺人的表现。小玛蕾丝，你比我拥有更多的智慧。"

我握起她的手，用手掌贴住自己的脸颊。欧修女微微一笑，伸出另一只手拭去眼泪。

"要记住，永远保持仁慈和宽容。你选择了一条并不轻松的路。你将很多精力放在关注他人的感受上，而这也是你与众不同的地方。我将尽我全力，为实现你的理想提供一切可能。关于这一点，我已经和嬷嬷谈过了。"欧修女的笑容舒展开来。"以你现在的年龄和阅历，离开修道院为时尚早。你还需要更全面、更丰富地学习。纳尔修女会传授你草药和医学的知识，玛瑞安修女负责动物饲养的部分，嬷嬷自己精通天文和数学，罗伊妮修女知晓一切关于血的秘密。"欧修女深情地凝视着我。"玛蕾丝，你想学什么都可以，不必限于门类和专业。"

我不知道该说什么好。这份馈赠太过昂贵，太不可思议。我从没听说过哪位初学修女有权掌握一切知识。学成离岛后，我将有足够的信心在家乡成立梦想中的学校，彻底改善绿色山谷中人们的生活。

内花园里传来轻微的脚步声。整个修道院已经苏醒过来。修女们很快就要来到圣殿花园进行日出祷告。但是欧修女还没有宣布最重要的决定。我紧紧握住她的手指，嘴唇不由自主地颤抖着。

欧修女的笑容再次变得温柔，她将我拥在身边，紧紧贴住自己瘦削的身体。

"玛蕾丝，"她低下头，在我的头纱上方喃喃说道，"你已经成为我的初学修女,知识的门徒。在离开修道院之前,你始终是我的小女孩。"

我们在圣殿花园里紧紧拥抱在一起。我是整个修道院最幸运的女孩。我从这里获得了太多太多,未来还有更多的奥秘等待我去发掘。

第21章 尾　声

　　如今，我正将记忆中的一切忠实记录下来。一连数天，我坐在欧修女的房间里，用她的熟悉的笔墨写下一行行文字。我的手指上多了一枚由她赠予的戒指———枚首尾相连的蛇形戒指。

　　洁和恩妮可负责轮流为我送来三餐，其他人则一概不许打扰。陪伴我的只有桌上明亮的灯光，以及手中的鹅毛笔划过粗糙纸面发出的沙沙响动。门外是修道院里熟悉的声音：初学修女们的嬉笑，山羊的咩咩声，海风的呼啸，水鸟的鸣叫。陌生男人闯入门诺斯岛时所带来的死寂已经成为记忆，那是我必须忠实记载，却又极力想要摆脱的记忆。

　　每到深夜，我总是睡得沉酣而香甜。四周笼罩的黑暗不再令我恐惧，玄幻魔女的呓语也已经消失。有了欧修女的帮助，有了修道院作为坚强后盾，倘若再度被她召唤，我相信自己一定能够战胜心魔。只要全心全意地热爱生命，并且为之付出自己的一切，就能坦然而从容地面对死亡。生与死不过是同一本质所表现出的两面而已。总有一天，我会将自己的全部身心奉献给玄幻魔女，以换取她所拥有的所有奥秘。我对这一刻的到来充满好奇，甚至还有些期待。在银色大门再度开启的时候，我将会带着微笑，义无反顾地走进去。而在此之前，我需要认真地享受生命，勤勉地学习，用自己所掌握的知识创造出更好的生活,让玄幻魔女为我而骄傲。

　　我很庆幸欧修女让我记录下这一切。整个写作过程让我的灵魂感到自由:随着鹅毛笔划过纸面,所有的经历和体验被付诸文字,我逐渐意识到,记忆的升华终将作为红色修道院的传说成为永恒。而只有跳脱出当事人的立场重新审视过去,才能对一幕幕遥远而迫近的场景拥有更客观的认知。打开玄幻魔女之门的玛蕾丝已经脱离了我的身体,脱离了初学修女的身份。我说不清楚,那是一种难以形容的奇妙感受。

　　今晚,欧修女会和我一起,将这本由我亲手撰写的书收入藏宝阁,放在记录修道院重要历史的书架上。想到自己的文字将汇入那些我曾无数次翻阅的典籍之中,我还是有些难以置信。欧修女说,我应该为自己感到骄傲,玛蕾丝的文字将作为不可或缺的历史记载,永存于修道院之中。在生命走到尽头之际,我的记叙将承载着我的思想,无尽地延续下去,一如夜空中恒久闪耀的群星。

　　在三十二任嬷嬷执事的第十九个年头,洁进入修道院成为初学修女中的一员;玄幻魔女向我发出召唤;修女和嬷嬷利用铜梳和头发制造出一场诡异的风暴。在陌生男人闯入门诺斯岛之际,鸟儿们发出警告的鸣叫;玫瑰甘愿牺牲自己以拯救大家;而我,来自鲁瓦斯的初学修女玛蕾丝,开启了玄幻魔女的银色大门。

关于《门诺斯岛奇幻之光》的后续

临别赠礼

我又一次坐在欧修女的桌前。最近三年以来，我在这张书桌边留下了数不清的回忆。我还是曾经的自己吗？时间是怎样改变了我们，褪去我们原本的样子？我读着自己所撰写的编年史，不敢相信自己真的经历过三年前的一切。那段记忆已经太过遥远，但它一定在我身上留下了印记，让我成为现在的自己。

启程的时刻即将来临。写下"启程"这两个字已经是折磨，我更不敢深究它背后所代表的含义。我并不觉得意外，事实上，整个修道院一直在为我的启程做着充足的准备。无论从类别还是数量来说，我所接受的课程比任何一名初学修女都要多。我有幸阅读过珍藏于月亮阁的最古老的羊皮卷，并且在白夫人山度过整整一个秋季。要学的东西当然还有很多很多，但启程的时机已经成熟。

七年前，我因为躲避家乡的饥荒而进入修道院，那时的我对食物有种异乎寻常的渴望。在启程之际，我能明显地感受到失落和恐惧——外面的世界或许无法满足我对知识和书籍的渴望。修道院里拥有无数的藏书，蕴含着各种各样的知识。我难以想象缺少它们的生活会是怎样。嬷嬷告诉我，外面的世界同样充满值得学习的内容，而那些知识是我无法从书本中获取到的。我清楚地知道，修道院里的阅读是纯粹地汲取知识，而阅历和经验的增长则要付出相应的代价。

自从去年夏天成为纽梅尔修女的门徒后，洁就一直十分忙碌。去年秋季，门诺斯岛接纳了三名新的幼龄初学修女，她们很快成为洁的有力帮手。尽管工作繁重，洁还是会利用有限的空闲时间为我准备各种衣服：长袍、长裤和头纱。我已经决定继续保持初学修女的打扮，一来为了区别于鲁瓦斯的普通村妇，二来初学修女的行头会令我产生熟悉感和安全感。洁笑着说我从来都不擅长收拾行李，所以她很早就将衣服卷成一个包裹，还细心地塞进一只薰衣草的香袋。

"要是可以选择的话，你宁愿带一包书走吧？"洁一边同我说笑，一边掸去几片零碎的薰衣草花瓣。她说得没错。亚麻、肥皂和薰衣草的气味混合在一起，形成修道院独特的嗅觉记忆。那是比书本更为珍贵的心意。

除了平常的衣物，洁还悄悄地用血贝壳染红的羊毛为我缝制了一件外套。在最近一次采集血贝壳时，图兰将一根根毛线仔细染过，请擅长纺织的让娜和雨达织成羊毛布片后，由洁亲手将布片拼接在一起。一天晚上，我们像平常一样坐在柠檬树下聊天时，洁郑重地拿出红色的羊毛外套，在递给我时甚至不敢直视我的眼睛。

"鲁瓦斯夜里凉，你应该能用得上。"洁始终望向大海，大概在沉思我的家乡是否已经下雪。

"可是，洁……"我哽咽着说不出话来，只好紧紧握住她的手，正如多少个夜里，她握住我的手陪我战胜黑暗。离开修道院后，大概再不会有人在夜里默默握住我的手了。

羊毛外套对于我这个年龄的初学修女而言实在太过贵重，但嬷嬷坚持要我收下。"你还很年轻，这件羊毛外套会为你带来所需的尊重。一个如此年轻的女孩，身穿如此昂贵的羊毛外套，别人就不敢随便评头论足了。"嬷嬷将我召进月亮阁，留下这几句语重心长的临别赠言。

"鲁瓦斯是一个附属国，"我用手指触摸过布片间针脚细密的缝线，向嬷嬷坦诚了自己的担忧，"我们不能制定自己的法律，不能教育自己的孩子。乌卢迪安的统治者希望维持民众的无知现状。所以，我不知道怎么才能在家乡建立起学校。"

嬷嬷挑了挑眉毛。

"你早该意识到这个任务并不轻松，"她的目光有着咄咄逼人的严厉，"玛蕾丝，从现在开始，你必须走出一条属于自己的路。我对你充满信心。"接着，她露出一个淘气而狡黠的笑容，仿佛回到了初学修女的时代。"希奥，取我的钱袋过来。"

希奥骄傲地冲我眨眨眼，用钥匙打开嬷嬷书桌后的极其隐蔽的一扇暗门。希奥如今是嬷嬷的初学修女，也是月亮阁有史以来最年轻的门徒。她受到嬷嬷召唤的时候，所有人都大吃一惊。或许是她爱玩的天性和无拘无束的性格太具有迷惑性，让我们忽视了她内心的真诚和睿智。正是因为她无私的天性，面对玄幻魔女的银色大门时，她才能勇敢地握住我的手，与我共同对抗黑暗。

希奥掏出一只沉甸甸的皮口袋交给嬷嬷。嬷嬷在手里掂了掂分量，然后递到我的面前。

"它能帮助你顺利开启许多大门，完成那些看似不可能的任务。"

我打开钱袋。里面装满了闪闪发光的银币。根据我对修道院的了解，这些银币相当于整座修道院一年的收入。"嬷嬷，这太多了。"

嬷嬷微微一笑。"这些钱维持不了多久。身无分文时，你只有依靠自己敏锐的直觉和丰富的知识生存下去。还有这个——"她摊开手掌，希奥将一把泛着金属光泽的大铜梳轻轻放在上面，"玫瑰亲自擦拭过，她希望以此作为你的临别赠礼。"

恩妮可已经承担起玫瑰门徒的职责，所以理应放弃恩妮可的本名。但洁和我对于称呼她玫瑰这件事总感觉别扭。玫瑰的前任门徒欧斯特拉为此不止一次地严厉纠正我们："绝不可以！不断提起过去会让她忘记当下的身份和职责！"当着欧斯特拉的面，我们总是唯唯诺诺地点头表示附和，但只要她一转身，我们就立刻对着她的女儿吉娅做鬼脸，逗得她咯咯直笑。吉娅是一个健康活泼的小姑娘，胖嘟嘟、笑嘻嘻的。看见她，我就会联想起安奈尔。安奈尔一直那么虚弱，如果我早些掌握草药和医学的知识，或许就能为她提供更好的营养，帮助她挨过饥荒岁月。我在修道院的所见所学能够真真切切地拯救生命，这也是我坚持返回家乡的原因。

在诞下吉娅后，欧斯特拉无法继续担任玫瑰的守护修女。那个断指的男人用匕首在她身上留下一道可怖的伤疤。欧斯特拉对此毫不在意，甚至多少感到庆幸。正是由于她的血、嬷嬷的血和我的血混在一起，玄幻魔女的大门才得以开启。皮肤上的刀口并不深，行凶者的目的并非杀戮，而是折磨。不管怎么说，伤疤丝毫无损欧斯特拉的美貌，使她卸任玫瑰身份的是吉娅的诞生。我猜不久后，欧斯特拉或许会接替厄尔斯修女掌管炉灶房的事务。而现在，她只是一位普普通通的母亲，辛苦却幸福着。

我凝视着嬷嬷掌心的铜梳，不敢想象恩妮可花了多少心思才将它打磨得如此光滑锃亮。我回想起自己刚进修道院时，是如何跟在恩妮可身后选择成为她的影子，从而逐步建立起与她的深厚友谊。我们还有相见的机会吗？离开修道院后，我还能再见到这里的修女或初学修女吗？

"铜梳是保护修道院的宝物，"我一度婉拒，"你们会需要它的。"

"好啦，你就别再拒绝大家的好意了，"希奥皱起眉头，"你也需要保护啊！不仅是你，还有你未来的学生。你一定会有很多很多学生，你也会很喜欢很喜欢她们的。"她握紧拳头，做了个加油的手势。

我绕过嬷嬷的书桌，张开双臂紧紧拥抱住希奥。希奥一动不动地任由我抱着，浑身洋溢着阳光和海水的气息。"知道吗，在我心里，她们一定比不上你。"我在希奥的耳畔轻轻说道。"我会经常给你写信的，然后托南行航线的邮差捎来修道院。你呢，也会写信给我吗？"

"玛蕾丝，你非走不可吗？"希奥可怜兮兮地问。她两条柔软的胳膊环绕在我的腰间。"我会非常非常想你的。我舍不得你走。"她抽抽搭搭地说着，用鼻子在我身上蹭来蹭去。

想说的话实在太多，我竟然一时有些语塞。

"我当然也会想你，非常非常想。可我还是要离开这里。"

我们就这样久久地拥抱在一起。嬷嬷叹了口气，安慰道：

"不要难过，玛蕾丝。只有彻底告别过去，才能开始全新的生活。告别不等于遗忘，记忆是永远不会消失的。"

我的心中燃起希望的火苗。嬷嬷一定预知到了未来。我刚要开口询问，却被嬷嬷摆手阻止。"永远不要对尚未发生的事进行揣测或打探。你的未来并不是一份可以馈赠的礼物。我们已经将一切毫无保留地传授于你,接下来要看你自己的了。"

嬷嬷说得没错,接下来的路要靠我自己走出来。哪怕在面对玄幻魔女的银色大门时,我都没有像现在这样恐惧。

隆重的告别

明天清早，一艘渔船会接我离开修道院。按照计划，我会在港口城市穆厄瑞欧下船——那也是我第一次看见大海的地方——然后一路向北前往鲁瓦斯。嬷嬷已经为我安排好第一程的马车，之后就全凭借我自己的脚力。所有的修女和初学修女已经决定用歌声送我上路。启程的那天，她们会站在修道院的花园里齐声哼唱颂歌，目送我走下台阶，踏上渔船，在大海中渐行渐远。她们的歌声将一如月亮舞时的绵延不绝，只不过这一次，我无需从圣女舞境的迷宫中央折返回来，而是义无反顾地勇往直前，直到整座修道院、整个门诺斯岛都消失在视野之中。

在修道院的最后一晚，我必须结束我的记叙，将这本书放回藏宝阁的书架。我还是习惯将这个房间称为藏宝阁，尽管罗伊妮修女对此颇有微词，但在我看来，知识圣殿里的书籍是整座修道院最为珍贵的宝藏。之后我打算叫上恩妮可——不，是玫瑰，在帮着洁一起完成纽梅尔修女布置的任务后，我们三个可以坐在知识花园的柠檬树下聊一会儿天。她们是我永远的姐妹。缺少了她们的笑声和友谊，我简直不知道该如何在这个世界生存下去。

今晚，炉灶房会为我准备一场专门的告别晚宴。全部的修女和初学修女都会出席。还在内花园里,我就已经闻到果仁面包的扑鼻香味。欧斯特拉答应我,只要吉娅醒着就一定会来为我送行。吉娅金色的头发和好奇的眼睛构成了一幕最纯净最美好的画面,它将伴随着我踏上未来漫长的人生旅程。

七年前,一个饥肠辘辘的乡下女孩懵懵懂懂地投奔这里,什么话都听不懂,什么仪式都不会做,只知道舔着散发面包香味的木门解馋。很难想象,她如今已经长成坚定而自信的初学修女,在晚宴结束后,她还将打开地库之门,祭祀始祖修女们的亡灵,向玄幻魔女表达最后的感激。

最后的最后,欧修女将和我并肩站在圣殿花园内,目睹我在门诺斯岛经历的最后一次日落。

致　谢

感谢特拉维斯的倾听、米娅的阅读,以及维斯比的救赎。

感谢妈妈一直以来对我的信任,给我写作和创作的勇气。

特别感谢萨拉对稿件耐心周到的审阅和校对,帮助我在细节方面不断改进和完善。